# くわえ煙草とカレーライス

片岡義男

河出書房新社

cigarettes and curry / Yoshio Kataoka

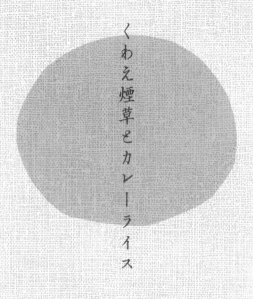

# くわえ煙草とカレーライス

片岡義男

河出書房新社

もくじ

装画＝佐々木美穂
装幀＝佐々木暁

ほろり、泣いたぜ

# 1

路線バスの停留所がある歩道から入ってくると、奥に洋服の寸法直しの店と花屋そして小さなエレヴェーターが一列にならび、右側はスーパーマーケットの自動ドアで、その向かい側は改札が二階にある駅への階段だった。スーパーマーケットから出て来た水島百合江《みずしまゆりえ》を正面から見たのは、加古川康平《かこがわこうへい》だった。

「ユリ」

と彼は声をかけた。

「おや」

と応じた百合江は花屋の陳列台に寄って立ちどまった。

「ユリがそんな服装なんて、珍しいね」

加古川は百合江を指さした。黒いタイトスカートは誰の目にも短すぎるミニで、パンプスが仕上げをし、白い長袖のシャツに丈の短いジャケット、そして喉もとにはボウタイをしていた。ショルダーバッグを彼女は右の肩にかけなおした。

「事務所のご指定よ」

「仕事か。プロの化粧をしてるな。類いまれな美貌を引き立てている。それにその体。歩いていようが椅子にすわっていようが、あらゆる瞬間、これをご覧ください、と言ってるようなミニスカートだ」

「あなたの服はなんと褒めればいいの？」

「俺のことは褒めなくてもいい」

ふたりはおなじ事務所に所属している俳優だ。売り出しの一環として、かつてふたりは夫婦を演じたこともあった。

「きみはまだ二十八か。俺は三十になったよ」

「なぜ、ここにいるの？」

「すぐ近くに住んでる。歩いて七、八分」

「そうだったの」

「スタジオまで路線バスで二十分かからない。このところ週に三日はそのスタジオにかよってたから」

「事務所の女性とはさっき改札の前で別れたのよ」

と百合江は二階に指先を向けた。

「私はこのスーパーに入って、からすみを探したら、いいのがあった。パウダーのは買ってあるから、部屋の近くのスーパーでセロリを買えば、夕食はたちまちからすみのスパゲッティ。一・六ミリを百二十グラム。大好き。自分で作って食べる」

「その前にコーヒーでも」

加古川は肩ごしにうしろを指さした。

「すぐそこ。二百二十円だったかな」

駅の建物の続きはおなじひとつの建物で、そのなかに何軒かの店舗があった。そのうちのひとつがコーヒーのチェーン店だった。ふたりはその店に入り、コーヒーを買い、加古川がテーブルまで運んで、差し向かいとなった。

「女優の水島百合江に気づいてる人がいるよ」

加古川がそう言い、

「今日は仕事か」

と訊いた。

「作家へのインタヴューと撮影。作家の自宅へいってきた。蔵書五万冊の書庫を中心に建てた家ですって。『女優が読んで聞いて書きます』というタイトルの連載を月刊の女性雑誌に私が持ってて、いまは二年目。そして今日は著者の自宅を訪ねて、著者とお話をして、ふたりで写真を撮る日だったのよ。採り上げる本は私が探して、ひと月前には読んでおき、著者に会って話をして、お写真。今日の私は書庫のなかで本をかかえて、書庫で使う梯子にこのパンプスで片足をかけて、スカートはこのあたりまでたくし上がって、太腿あらわなのよ」

すわっている自分の太腿の一点を、彼女は指先で示した。

「そのかたわらに著者が笑顔で立って。著者は六十五歳。団塊のすぐ下ね。面白いかただったわ。『青春とこの映画』という題名の新刊で、ご自身が青春の頃にご覧になった映画について書いたご本。映画のことだけではなく、その頃のご自分のありかたとか生活などが、巧みに交錯してるご本なの。いま六十五歳の著者がたとえば二十五歳だったのは、四十年前よ。四十年前の映画は、なにか知ってる」

加古川は首をかしげた。

「一例として『タクシードライバー』。一九七六年。あの映画の脚本家が、出来上がった脚本をまっ先に送ったのはエルヴィス・プレスリーだった、というお話をしてくださって」

「ユリは『シェーン』という映画を知ってるか」

「観たわよ」

「シェーンがアラン・ラッドではなくてモンゴメリー・クリフトだったらどうだったか、という話と似ている」

「そんな俳優のことをあなたは知ってるの」

「このくらいなら知ってる」

「オーソン・ウェルズが日本でウィスキーのCMに出演したのを、あなたは知らないでしょう」

「知りっこない」

加古川は首を振り、
と言った。

「四十年前ですもの。あなたは生まれてない。私も」

「俺が生まれたのはそれから十年あとのことだ」

「私は十二年あと」

「おめでとう」

「めでたいことはなにもないのよ。ついでに、もう一年さかのぼってみたら」

「一九七五年か」

そう言って加古川は苦笑した。

「昭和の何年だい」

「五十年。その年の映画は『ジョーズ』」

という百合江の言葉に加古川は笑った。

「ビールの大瓶はいくらでしたか」

彼女にそう訊かれて、加古川は首を振った。

「百八十円。青春って、なんとなく馬鹿馬鹿しいのよ。その感じがご本のなかによく出ていて、それを話題にしたら話がはずんで、とても良かったわ。六十五歳の著者は、加古川康平という俳優をご存じだったわよ。いい役者だとおっしゃって。作品の名まであげて」

「どの作品だい」

「『オートマティック』」

「それか」

と言って加古川は視線を伏せた。

「それがどうかしたの？」

しばらく無言でいた彼は、次のように言った。

「オートマティックとは拳銃のことだよ。シリンダーの弾倉が回転する方式ではなく、グリップのなかに弾倉がある、平べったい拳銃。それが、オートマティック」

「原作は武藤《むとう》さんなの？」

と百合江が訊き、加古川はなかばうなずいた。

「原作小説があるのではなく、原案というやつだ」

武藤とは武藤啓太郎《けいたろう》といい、四国の高校で加古川の二年先輩だった。高校は一年間だけ重なっていた。現在の武藤は東京の北のはずれに住み、作家として小説を書いていた。加古川は武藤と親しくつきあっていた。百合江も、加古川とふたりで、何度か武藤には会っていた。

「いずれは原作小説を書くのかな」

「普通とは反対ね。原作小説があって、それが映画になるのだから」

「変わってるからなあ、武藤さんは」

そう言った加古川は、おなじ口調で次のように言った。

「いま店を出ていったふたりの女性。歩道に立ちどまってこちらを振り返り、ガラスごしにきみを指さしている」

水島百合江は微笑しただけだった。

「先週、武藤さんから電話があった。なにか小説になるような話をくれよ、と言われた。面白いのを仕入れて連絡します、と答えておいた。いっしょに会おうか」

「いいわね。楽しいわ」

「デリヘルの女性と彼女を送迎していくキャデラックを運転する青年を描いた短編が掲載された小説雑誌を武藤さんは送ってくれた。俺はそれを読んだ。面白かった」

「私も読んだわ。あなたがその雑誌を私にくれたのよ」

「そうだったか」

「デリヘルのけたたましいミニスカートの美人が履いている八センチのヒールの、細い鋭さと硬さ、そして、もろさ。それが、タイトなミニの白い太腿のもろさとつながって、せつない人生よね」

「デリヘルで訪問した先の男は、大学教授のような男ではなく、まさに大学教授でね。デリヘルの女性は大学を中退してるけど、学生だった頃のゼミナールの教授なんだよ。もちろん、教授のほうはそんなことは知らない。デリヘルの女性は着ている服を脱ぐ、そしてまた着るを三回、繰り返す。下着姿のけたたましい美人が服を着ていくところを見せるのは、逆ストリップと呼ぶんだ。ストリップと逆ストリップを、三回ずつ。それで彼女がいくらもらうと書いてあったかなあ。彼女は現金を受け取るんだ。俺が提供した話だよ。まるで違う設定だけど、うまく使ってた」

「どんな話を提供したの？」

「最初の場面としては隠れ家のようなバーがあってさ。美人が何人も来てる。ほどよく賑やかだ。カウンターでひとり飲んでる中年の男が、美人たちをあれこれ、見ないふりして見てる。俺とおぼしき男がタイミングをはかって、その男性の隣のストゥールにすわる。そしてふと話しかける。その話を持っていく先は、どの女性がお好みですか、教えてください、相手によっては話をつけますよ、というあたりだ。男はひとり選ぶ。話をつけます、と俺は言う。話とは、ホテルの部屋で一対一のストリップと、脱いだ服を着ていく逆ストリップさ。男が先にホテルの部屋に入って待っている。俺はもちろん彼女といっしょさ。やがて彼女があらわれる。着ているものを脱いでいき、下着だけになる。その姿で肘かけ椅子にすわって夕刊を読む。その様子を至近距離から男はさまざまに眺める。彼女は洗面室に入って化粧を直す。その様子も見る。出てきた彼女は服を着る。それもとくと眺める。五万円、現金で俺が男から受け取る。彼女にしてみれば、得意中の得意の出し物さ。帰っていく彼女にドアのところで五万円を差し出すと、そのうちの一枚をじつに巧みに四つに折って、彼女は俺のシャツの胸ポケットに入れてくれる。彼女はドアを出ていき、ドアが閉じるとそこにあるのは彼女の香水の残り香だけ、という話さ。もちろん、ホテルの部屋は男が電話して予約し、自分で代金を払う。男とふたりになった俺は、冷蔵庫の氷と小さな瓶のウィスキーで、ロックをふたつ作る。ひとつを男に差し出す」

「そのまま書いても短編になるでしょう」

「そのままは書かないんだよ、武藤さんは。俺から話を聞くだけではなく、いろいろと実際に知ってるね。静かな雰囲気だけど、思いっきりけばけばしい、見るからに玄人の美人と親しくいっしょにいるところを、二度三度と俺は見てるし。武藤さんに語ったこの話を思いついたとき、俺はとあるバーにいたけど、そこには小船木《こぶなき》愛子《あいこ》が来ていた。彼女を見ながら俺は想像をふくらませた」

「愛ちゃんは亡くなったのよ」

「驚いたよ。ショックだった」

「私も。呆然としたわ。私とおなじ年齢だったけれど、あんなに美人で、しかも女優に生まれついたような人でしょう。これからだったのに」

「体が素晴らしかった」

「あの体が服を脱いだり着たりするところを、あなたは想像したのね」

「亡くなった、という知らせを受けたときは、頭のいろんなところを同時に、ぶん殴られたようだった」

「あまりにもショックで、私もさすがに考えたわよ。考えなさい、というのが愛ちゃんの口癖だったから。亡くなったのは残念で悲しいけれど、それはしかたのないことで、私のなかに残るショックは、じつは私にとってのことなの」

「俺のことでもあるわけだ」

加古川のひと言を軽くうなずいて肯定し、百合江は言った。

「人生について考えなさい、と愛ちゃんが言ってくれてる、ということ」

「人生か」

「私はなぜ生まれたか」

「なるほど」

「両親が生んだのよ。結婚と出産にいたる出会いを彼らが経験した瞬間、どこかに、ほのかに、私が浮かんだのね。生まれる、というとんでもないことを経験した私は、育った環境や受けた教育その他すべてを自分のアイデンティティにしてきたけれど、そこから考え抜いていくと自分がいたい場所とは正反対のところで、やりたいこととの正反対のことをやってるな、という確認にいたるのよ」

「どんなところにいたいんだ」

「自然。太陽。雨。風」

「そうだったか」

「それに、土」

「農業だ」

「愛ちゃんがくれたかな、と思うのよ」

「なにをくれたんだ」

「考えればかならずわかる、ということ。なにがわかるのかというと、方向がわかるのよ。自分にとっての方向」

「そしてそれは正しいのか」

「考え抜くなら」

と答えた百合江は、次のように言葉を加えた。

「半年ほど前に愛ちゃんは私に二冊の本をくれたのよ。一冊はフランス語の大きな本で、『トマトの昨日そして今日』という題名で、トマトの本なのよ。もう一冊はアメリカのペイパーバックで、『ザ・グレイト・タメイト・クックブック』というレシピ本。タメイトとはトマトのことね。フランス語のほうを見てたら、マキ・ドゥ・トマーテというレシピがあって、和牛とトマトを使う巻き寿司なの。フランス語の辞書を引きながら、まずこれに挑戦します。愛ちゃんが考えてくれた結果がトマトなら、私の考えてる方向と一致してる。自然。太陽。雨。風。土。四季の繰り返し。そのなかにいる自分。だから、トマト」

百合江が語り終えたあと、ふたりはしばらく無言でいた。冷え始めたコーヒーをそれぞれに飲んだ。そして加古川が言った。

「愛子は歌が良かった。俺たちの歌謡曲バンドの歌手になってくれたもんな」

「東京ウエハラリアンズ」

「木島裕一《きじまゆういち》と東京ウエハラリアンズ」

「そうね」

「言うまでもないけれど、ベースの木島さんが作った歌謡グループだ。昭和十一年にポリドールから歌手デビューして次の年には『妻恋道中』がヒットして人気歌手になった、上原敏《うえはらびん》にちなんだウエハラリアンズという名称で、上原敏の歌でヒットした股旅物の歌謡曲を中心に歌い演奏するグループですということなんだけど、必要とあらばなんでもやるグループだ。百合江もよく知ってるこんな話をなぜするかというと、東京サエキアンズというバンドは知らないだろう、と言いたいから」

加古川の言葉に百合江は首を振った。

「知らない」

「ウエハラリアンズの前に木島さんが作ったバンドで、佐伯孝夫《さえきたかお》が歌詞をつけた歌謡曲だけを歌い演奏するグループさ。レパートリーは厳格に守っていたそうだ。ごく最近、木島さんから聞いた」

「知らなかった」

「佐伯孝夫は？」

加古川の問いにしばらく考えたあと、

「ひょっとしたら、『有楽町で逢いましょう』かな」

「『新雪』『夜来香』『明日はお立ちか』『鈴懸の径』『勘太郎月夜唄』『野球小僧』『バタビアの夜は更けて』『ミネソタの卵売り』、のきなみだよ。レパートリーは厳しく守れる。『東京午前三時』西銀座にはふたとおりある。駅前と裏通りと」

「楽しそうね」

「歌詞には実感がないから、歌っててどこか抽象感があって、それが妙にうれしい。だからいつもうれしい気持ちで歌ったよ」

「東京ウエハラリアンズとおなじく、サエキアンズにも冠で東京をつけて、木島裕一と東京サエキアンズ。ウエハラリアンズが木島さんとスティール・ギターの畑中《はたなか》さんのふたりだけになってた頃、メンバーを募集してる話を聞いて、俺と田舎の高校の先輩の真田《さなだ》亜紀夫《あきお》さんが応募して、オーディションを受けてメンバーになった。真田さんは高校の一年先輩で、そのすぐ上が武藤啓太郎さんだよ。ウエハラリアンズはとりあえず四人でキャバレーまわりをしてたけど、女性がひとり欲しい、と木島さんが言い始めた。歌に関しては心得きった、しかも華やかな美人がいいという注文だったから、俺は迷うことなく百合江を誘った。百合江はその場で承諾してくれたよな。共演した映画の打ち上げで百合江が歌ったのを、俺は忘れずにいたから」

「そんなふうに語っていくと、すでにそこには歴史があるのね」

「東京サエキアンズで八年くらいにはなるんじゃないか。百合江のスケジュールが合わないときのために、もうひとりいるといいと言われて、百合江に頼んだら愛子を紹介してくれた。オーディションには俺が立ち会った。スタジオに来てもらって、木島さんがピアノを弾いて愛子がほんのちょっと歌ったら、それで合格だった。化粧や服装、雰囲気、性格などをキャバレーに完璧に合わせてくれた。店は喜んでたし、客には受けた。最初のステージのとき、上原敏の歌を愛子は十曲は歌えた。北千住のキャバレーに出てたときの、上原敏の歌ではないけれど、『旅姿三人男』を歌ったときの愛子はいまでも目に浮かぶ。歌ってる途中から片目をつむり、その片目でいなせに艶っぽく客席を見渡しながら歌うんだ。歌詞に合わせたんだよ。森の石松のところだったから。腕と度胸じゃ負けないが、人情からめばついほろり、と歌ったあと、片目をつむってその歌詞の最後まで歌い、俺と真田さんがうしろへ下がってスペースを作ったところで、愛子は道中からげのようにスカートを腰までたくし上げ、仁義を切るときのポーズをきめてみせた。その動作のゆっくりさ加減には大きな拍手があった。拍手を受けながら、閉じていた片目を大きく開いて、あの艶やかな笑顔で客席を見渡していた。今日の俺は確かに語ってるね。俺はこうして語って、インタヴューの原稿を百合江は書くのか」

「締切りは来週」

「インタヴューと言えば、俺もひとつ、来週にインタヴューがある。いま思い出した。確か月刊の女性雑誌だ。愛子のことでも語ろうか。当人はもうどこにもいないんだから、それは語れば歴史だよな」

「ウエハラリアンズの次のステージが決まったのですって?」

「キャバレー。俺も初めての店。まだ東京にこんなところがと、出演する誰もが驚くそうだ」

「私のロケの日程と重なるのよ」

「四人でやるさ」

## *2*

平日の夜、十一時をまわったか。加古川康平はひとりで部屋にいた。部屋に明かりは灯っていず、ほの暗かった。二階の部屋なので外からの明かりがあり、ほの暗さはたとえばいまのように、ベッドに仰向けとなっているときなど、快適でもあった。ベッドの縁から板張りのフロアに手を降ろしていくと、そこにはタリーズから持って来た紙カップがあった。紙カップには冷えたペリエが半分ほど入っていた。冷蔵庫で冷えたのを、さきほどカップの縁まで注いできた。

ベッドのあるスペースはカーテンで仕切られていた。ヘッドボードのすぐうしろに窓があった。この窓のカーテンはいつも閉じたままだ。ぜんたいの間取りを上から見ると、ベッドのあるスペースとその左側にあるスペースとは、ほぼ半分ずつだ。壁で仕切られた左側は、浴室、洗面台、そしてトイレットを、ひとつの四角にまとめたスペースだ。

このふたとおりのスペースの、いまの加古川から見て向こう側は、右がキチン、まんなかが食事のための場所、そしてささやかな居間のスペースが、左側にあった。ヴェランダはなく、南に向けて窓がふたつあった。食事のための場所には丸いテーブルと椅子が一脚だけあった。居間として使うはずの場所には、壁に寄せてさまざまな物が雑然と置いてあり、見た目には物置だった。

携帯電話の呼出し音が枕の下で鳴った。手さぐりで携帯電話をつかみ、開きつつ耳へ持っていき、携帯電話を持っている右手の中指を深く折り曲げると、その指先は受信のボタンを押した。

「はい」

とだけ言った加古川は、

「こんな時間に、とひとまず言うけれど」

と、水島百合江の声を受けとめた。

「どんな時間でもいいよ」

「今日、インタヴューを受けたでしょう」

という百合江の質問に、

「受けた」

と加古川は答えた。

「女性雑誌のインタヴュー。話を聞いてくれたのは女性のライターだった。水島百合江とは親しいと言っていた」

「友だちなのよ」

「そう言ってた」

「今日、彼女に会ったのよ。遅い夕食をふたりで」

「俺も誘ってくれよ」

「びっくりしたのは真田さんのこと」

「もう喋ってもいいと、本人や事務所から言われてるから」

「引退ですって？」

「俳優をやめる、と言ってる」

「あなたと共演した『オートマティック』が最後になるの？」

「もうひとつある。残りをまだ撮影中かな。もう終わったかな」

と言った加古川は、説明の言葉を重ねた。

「共演したのは確かだけど、俺はその映画の最後に近いところで、真田さんをオートマティックで撃ち殺した。撮影用の銃を扱う専門の人が説明してくれたので、よく覚えてる。俺が真田さんを撃ったのは、アメリカのルガーというメーカーの.22口径のオートマティックで、ロング・ライフルの十連発だそうだ。俺が持ったのはサプレッサーをつけるためにバレルの先端がスライドから出てるタイプだった。小さなグリップにフィンガー・レストのない弾倉。なかなか良かったよ。地下組織のおっかないあんちゃんの俺が、おなじくおっかない真田さんをこれで撃ち殺す。俺が速射で三発撃つと、その銃声に同調して、黒くて小さな穴が三つ、真田さんの額に、すこん、すこん、すこん、と空いていく。ラッシュ・フィルムで観たよ。

完成した作品の試写は時間が取れないから観ない」

「引退して、どうするの？」

「真田さんかい」

「そうよ」

「四国へ帰ると言っている。内輪では飲み会をしたから、引退の話はすでに広がってる」

「知らなかったわ」

「東京ウエハラリアンズのステージまで、ユリはあいだが空いてるからな」

「どうすればいいの？」

という問いを加古川は受けとめた。

「誰が？」

「私」

追いかけろよ、と言おうとした瞬間、加古川には閃いたものがあった。真田亜紀夫と水島百合江を結びつければいいのだ、しかもそのことは、これ以上ではあり得ないほどの正解ではないか、という閃きだ。

加古川は腹筋の力だけでベッドに起き上がった。チーノにTシャツの彼は素足でフロアに立った。物置と化しているささやかな居間のスペースに向けて二歩だけ歩き、そこに立ちどまった。なんと言えばいいのか、その一瞬だけ必死に考え、

「インタヴューの原稿は書いたのか」

と言った。

「書いたわよ」

「次は？」

「来月」

もっと重要なことを喋れ、と自分を叱るもうひとりの自分を感じながら、

「きみのスケジュールを教えてくれ」

と彼は言った。

「空いてる日。続けて何日か空いてる日」

「待って」

と百合江は言い、すぐに電話に戻った。

「六月の六日から十二日まで。一週間フルに空いてる。次の週は十三日も。十四日はどうかな。確認しないと。十五日からは詰まってる、ぎっちりと」

「空けたままにしといてくれ。六日から十二日まで。いいかい」

「いいわよ」

「最優先」

「はい」

「俺から連絡する」

「真田さんは四国に帰るの?」

「そう言ってる」

と答えた加古川は、

「いっしょに会う機会を作ろう」

と言っている自分の口調の、いつもとはまるで違っている様子に、ごく軽くだったが、うろたえた。

「四国に戻って、どうするの？」

「農業だろう」

「ほんとに？」

ここまで来たなら自分には思い出さなくてはいけないことがある、と加古川は思った。それがなになのか。早く気づけ、思い出せ、と彼は自分に対して声を上げた。

「いっしょに会う機会を作ろう」

と、おなじ言葉を彼は繰り返した。

「木島さんや畑中さんも加えて」

「それは、お別れ会なの？」

「これからに向けて」

「スケジュールは空けておきます。六日から十二日まで。十三も空いてると思う」

「六日から十三日まで」

「わかったわ」

「連絡する」

　黙っている百合江に彼は言った。

「俺にはなぜかもうひとつインタヴューがある。今度は男性読者の多い雑誌だそうだ。音楽の話を中心に、と言われてる」

「知られてきたのよ」

「なにが」

「あなたが」

「誰に？」

「誰でしょうか」

　と百合江は笑っていた。電話はそこで終わった。携帯電話を閉じて枕の下に置き、加古川はしゃがんでフロアの紙カップを手に取った。まだ冷えているペリエを飲み、カップをフロアに置き、ベッドに横たわった。仰向けに体をのばした瞬間、彼は思い出した。急いでベッドを降り、その場でまっすぐに立ち、トマトだ、と彼は思った。トマトを思い出さなくてはいけなかった。

　先日、スーパーマーケットの前で偶然に会ってコーヒーを飲みながら話をしたとき、自分のいたい場所として、自然、四季、土、というようなことを百合江は語った。彼女のそのような言葉に対して、農業だ、と確か自分は言ったはずだ。その百合江は、亡くなる前の愛子から二冊の本をもらったという。二冊ともトマトをめぐる本だった。そして真田亜紀夫は、四国へ帰ってトマトを作る男になる、と言った。

　真田亜紀夫は高校は今治だが、高知の農家の息子だ。真田秋夫《あきお》が本名で、亜紀夫は芸名だ。秋に生まれたから秋夫だ、というわかりやすい命名を彼の父親はおこなった。四国に帰る真田さんは、真田秋夫に戻るのだろうか、と加古川は思った。

## 3

「真田亜紀夫さんは、今治の高校での一年先輩で、そのさらに一年上が作家の武藤啓太郎さんだ。武藤さんは高校を出ると東京の大学へいき、真田さんが三年生だった一年間、俺は真田さんの作ったロック・バンドでいっしょに活動した。真田さんも俺もおなじストラトキャスターでさ。高校のロック・バンドは田舎で人気があったんだ。これなら絶対に次は東京しかないと勝手にきめて、先に卒業した真田さんが東京へいってバンドを作り、一年あとに俺も東京へいき、真田さんの三人バンドに加わって、さあ、ロックだ、となったわけだけど、まるで食えない。ライヴハウスの初日のステージではっきりわかったのは、これは食っていけない、ということ。真田さんはもうわかってた。ライヴハウスよりキャバレーのほうがまだ仕事があるというんで、キャバレーまわりを始めたら、気鋭のロック・バンドはたちまち懐かしの洋楽ヒットパレードのカヴァー・バンドになって、何とか一年つないだんだけど、ある日のこと、ステージから裏の楽屋に引き上げて来たところで、支配人に宣告されたんだ。

お前ら、歌謡曲をやれ、と。そうしなければ解雇だとも言われた。みんなしんとしてうつむいて、支配人が出ていって静かになったところで、俺は突然に歌い始めたんだ。『流転』という歌だよ。知らないよな。知りっこないよ。昭和十二年のヒットソングで、映画の主題歌だったそうだ。昭和十一年にデビューした上原敏という歌手のヒットだ。歌詞は三番まである。俺はその歌詞のぜんたいを覚えていて、ごくすんなりと、なんの無理もなく、最後までいい感じで歌えた。いいじゃないか、お前、歌えるよ、ロックよりいい、などと他の三人に言われた。なぜ俺がこんな歌の歌詞をすべて覚えていて、いきなりすんなりと歌えたかと言うと、親父のおかげなんだよ。俺が小学生から中学を卒業して、高校に入ってからも、親父はドーナツ盤で歌謡曲を聴いてた。歌謡曲ばかりだよ。トランクのかたちをした、ドーナツ盤専用のポータブル・プレーヤーで、トランクになってるケースの側面に丸く小さく、ふたつのスピーカーがあってさ、ターンテーブルの上でドーナツ盤は傾いて回転してる、というやつだ。なぜだか外部スピーカーのアウトレットがあって、小さな四角いスピーカーをふたつ買って来て、親父は細いケーブルでつないでたよ。音は少しだけ良くなった。『流転』はことのほか気に入ってたみたいで、何度もドーナツ盤をかけてた。だから俺はいつのまにか覚えたんだ。なにかと言えば、歌ってもいたよ。歌詞の冒頭に出てくる、三《み》筋《すじ》の糸とはなになのかすら、知らなかった。賭けて三、七、二十一《さいのめ》崩れ、なんてわかりっこないんだけど、親父に訊くことはしなかったな。歌詞を覚えたのは、要するに丸暗記の一種だ。歌詞の言葉に実感はないけれど、日本語であることは確かだし、自分はそれを歌として歌ってもいるという、妙な世界だよ。どうせ一度はあの世とやらへ落ちて流れてゆく身じゃないか、という二番の歌詞は、戦争に向けて急激に傾斜していった戦前の日本で、遠からず国家命令で否応もなく戦争へ放り込まれる日本の男たちの気持ちをとらえたということだけど、俺にとっては実感はないんだ。しかし、いま言ったとおり、それは日本語だし、自分で歌ってもいるんだ。実感がないぶんだけ、抽象感があってね。歌ってると、それがなぜかうれしいんだ。だからいつもうれしい気持ちで歌ってたよ、あちこちのキャバレーで。いまでもそうだよ」

ひとしきり語った加古川康平は、会議机の向こうにいるふたりの青年を交互に見た。ひとりは聞き手として加古川から話を引き出す人、そしてもうひとりは、デジタルのライカで加古川の写真を撮る人だ。ふたりともよく似た雰囲気の、おとなしい青年だった。写真は好きに撮らせていい、と事務所に言われていた。加古川はおっかない兄ちゃんに見えるから、無理のない範囲で柔和な笑顔を作って、とも言われていた。

「音楽の話を中心に、ということだったけれど、俺の音楽とはこういうことだから」

「たいへん面白いです」

と聞き手の青年は言った。

「こんな話でいいのかい」

「夢中でうかがってます」

「きみが記事にするのか」

「そうです」

「いま言ったとおり、俺が『流転』を歌って、歌謡曲でいこう、と意見はひとつにまとまったけれど、気持ちはまとまりきらなくて、俺と真田さん以外のふたりが、歌謡曲はやりたくないと言ったから、俺と真田さんで抜けることになった。真田さんも俺とまったくおなじストラトキャスターだったから、ストラト・デュオのロック・ギター講座、という出し物を考えて高円寺の箱に出てた夜、東京ウエハラリアンズの話を聞いたんだ。東京というのは、この場合、東京ドームや東京タワーとおなじく、冠だよ」

ウエハラリアンズ、そしてサエキアンズについて説明し、自分と真田がオーディションを受けてウエハラリアンズのメンバーになるまでのいきさつを、加古川は語った。

「キャバレーをまわってなんとか食える、という程度だったけど、まわっていたキャバレーのうちの一軒の社長が、俺と真田さんに、お前らふたり役者になれ、と真剣に言って、親しくしているプロダクションに話をつないでくれたんだ。どこかハングリーで、見た目には明らかにおっかない若い男、というイメージには需要があると読んだのかな。俺と真田さんの俳優業はそこからだよ。東京ウエハラリアンズと俳優業とは、重なってるんだ」

そこまで語ったとき、加古川の携帯電話の呼出し音が鳴った。ジーンズの尻ポケットから引っぱり出し、開いて耳に当て、いつものとおりに、

「はい」

とだけ言った。

電話をかけて来たのは木島裕一だった。

「仕事、神戸で、一夜だけ。六月の七日。空いてるか」

と木島は言い、

「空いてます」

と加古川は答えた。

「詳細はメールしておく」

「事務所にまわしていいですね」

「そうしてくれ。七日の十九時から。三百人くらいの箱。俺の知ってる人が主催する。東京サエキアンズと東京ウエハラリアンズを以前から面白がってくれてる人。このふたつのバンドのレパートリーをやる。俺と畑中。真田にはＯＫをもらった」

「それに俺ですか」

「そうだよ」

「百合江を押さえます」

と加古川は言った。

「彼女のスケジュールはきついだろう」

「押さえます」

「ほんとかよ」

「ほんとです」

「ステージのためには、この上なくいいよ。それに、真田が、なにより喜ぶだろう」

「木島さん」

「なんだ」

「それは、どういう意味ですか」

「どういう意味も、こういう意味も」

と木島は言った。

「真田は惚れてるからな」

「百合江に」

「そうだよ。見ればわかる。熱烈に惚れてるけど、そこから先がまるで進まない」

「百合江のスケジュールは押さえます」

「そこから先が、真田はまるっきりお地蔵さんだからな」

「お地蔵さん」

「見てるだけだよ、なにもしない」

「押さえたらすぐに連絡します」

と加古川が言い、電話はそこで終わった。

「ひとつだけ電話させてくれないか」

と加古川は向かい側の青年に言い、小ぶりな会議室のような部屋の窓辺へ歩き、そこで百合江に電話をかけた。ただいま電話に出ることが出来ません、という案内に対して、加古川です、電話をください、とだけ彼はメッセージを残した。閉じた携帯電話を尻のポケットに押し込みながら、彼は椅子へ戻った。

「すまない」

と彼が言うと、デスクの向かい側のふたりは、

「いいえ」

と同時に言い、デスクに向けて上半身を傾けた。

「いまの東京ウエハラリアンズは男が四人に、女性の歌手がひとりいる。女優の水島百合江だよ。もうひとりいたんだ。おなじく女優の小船木愛子。彼女は最近、亡くなった。このふたりの女性歌手の話をして、区切りにしようか」

十五分かけて加古川はふたりの女性歌手について語った。そしてインタヴューは終わった。お車代ですと言って差し出された封筒を受け取り、領収書に署名した。エレヴェーターで六階からロビーへ降りていき、ふたりの青年に見送られて加古川は建物の外に出た。交差点に向けて歩道を歩いているとき、携帯電話の呼出し音が鳴った。歩道の縁に立ちどまり、尻ポ

ケットから携帯電話を取り出し、開いて耳に当てた。

「はい」

「電話をくれと、録音メッセージの加古川康平が言っていたから」

という百合江の言葉を彼は受けとめた。

「六月七日の十九時に神戸で仕事。ウエハラリアンズとサエキアンズの両方をやるそうだ。木島さんからの仕事だけど、事務所にまわしてくれていい、と言ってた」

「私は空いてます。先日、言ったとおり」

「神戸までは車でいくことになりそうな気がする。乗るかい」

「ありがとう。でも、いまはなんとも言えない」

「この件に関して、ぜひとも今日じゅうに、会いたい」

「五時から一時間、空いてます」

「五時に、どこで」

という加古川の問いに百合江は場所を説明した。

「喫茶店のような店。チーズの店。サンドイッチがたいへん結構」

「そこで五時に」

「私はきっとなにか食べてるでしょう」

「俺も食う」

百合江との電話はそこで終わった。加古川は木島裕一に電話をかけた。電話に出た木島に、

「百合江を押さえました」

と加古川は言い、

「彼女にも俺から詳細を連絡しておく」

と木島は応じた。

4

「モッツァレラ・チーズだ。アヴォカードがある。そして、トマト。卵だな、それは。完璧だね」

と言った加古川のところに、彼の注文したものが届いた。美しく盛りつけられたそれを見ながら、

「無花果とマスカルポーネが、生ハムでごく軽く、くるんである」

と彼は言った。そして水島百合江のかたわらで、食べ始めた。

大きな窓ごしに外が広く見えていた。歩道からのアプローチの両側は灌木の茂みだった。

「俺の話に、ひと言で反応してくれ」

と、加古川は言った。

「悔いのないひと言で。いいかい」

「なんのお話なの？」

「悔いのないひと言で反応してくれ」

と加古川は繰り返した。

「すべては、そこからだ」

「すべてとは？」

「これから先のこと」

「誰の？」

という彼女の問いに、加古川は百合江を示した。

「アヴォカードと卵をいっしょに噛んでる女。その女、水島百合江に、真田亜紀夫さんはひと目惚れしてる。俺は気づいていた。木島さんにもそう言われた。ただし、木島さんによれば、真田さんはユリにひと目惚れしたお地蔵さんだそうだ」

「なんですか、お地蔵さんとは」

「見てるだけで、なにもしない」

と言って加古川は短く笑った。

「なにもしてないだろう」

という彼の言葉に百合江は首を振った。

「たまにはふたりで食事でもしよう、という程度の電話もないだろう」

「ありません」

「俳優をやめて四国へ戻る話が、ユリに真田さんから直接に届いた、ということもないはずだ」

「届いていません」

「だから、お地蔵さんなのさ。まずそのことに、ひと言で反応してくれ。真田さんはユリにひと目惚れしてる。ユリはどう反応するのか」

「真田さんが私にひと目惚れしてるなら、私も真田さんにひと目惚れしてます。強烈に」

「よし。それでいこう」

と加古川は言い、言葉を続けた。

「真田さんは四国へ帰ってトマトを作る男になる、と言っている。それに対してユリは、どう反応するのか」

水島百合江は次のように言った。

「真田さんがトマトを作る男なら、私はトマトを作る女よ」

「言ったな」

「言いました」

「それできまりだな」

「決定よ。少なくとも私は」

「よし、これで話がしやすくなった。七日の神戸は最大のチャンスだ」

「なんのチャンスなの？」

「お地蔵さんが口をきくチャンスだ」

「私に口をきくの？」

「そうさ」

「口は普通にきいてるわよ」

「俺の言うとおりにしてくれ。七日の神戸では、ただひたすら、真田さんに寄り添ってくれ。それ以外は、いつもどおりのユリでいい。ひと目惚れしてる男には、ただひたすら寄り添う」

「ただひたすら」

「それに向けて能力のすべてを注いでくれ」

「了解です」

「スーパーマーケットの前で偶然に会ってコーヒーを飲んだとき、自分のいたい場所は自然のなかだ、とユリは言った。太陽、雨、風、四季のひとめぐり、そして土。そのなかにいる自分。これは農業だよ。四国に帰って真田さんはトマトを作る男になると言っている。まぎれもなく、農業だよ。ユリと真田さんの方向は一致している。小船木愛子がユリに二冊の本をくれた。二冊ともトマトの本だった。トマトの方向だ。そしてその方向は、正しい方向だ」

「確かに私は、あのコーヒー・ショップで、あなたにそう言ったわ。自分の方向はそれしかないとわかったから。考えたら、わかったのよ。ここまでわかったからには、やるほかないのよ」

「一生かい」

「人の一生なんて、あっと言う間よ」

それを受けて加古川は、

「あっ」

と言った。そのまま手をとめ、皿を見つめていた。百合江が自分に向けた視線を受けて、

「あっ、と言ったけど、なにも変わらねえよ」

と言った。

「せいぜい冗談を言ってなさい」

「いいトマト女になってくれ。真田さんといっしょに」

5

神戸の仕事はキャンセルになった。

「すまない」

と木島は電話で加古川に言った。

「キャンセル料は現金で預かってる。五人分。いくらでもないけれど。その前に俺と畑中は尾道でライヴがある。神戸の代わりに松山まで来てくれ。おなじ日の午後五時から」

「いきます」

「午後三時には現場にいてくれ。喫茶店だよ。カフェと言おうか。畑中の親戚にあたる、まだ若い男が経営している。地元のお洒落カフェかなあ。Lの字になっている二面の壁が本棚で、本棚の前は端から端まで、一段高いステージのような造りだそうだ。畑中から聞いた。いつもは朗読やギターの弾き語りをやっていて、アップライトだけどピアノがあるんだって。そこで、俺たちのライヴ。五十人入ればいっぱいで、告知には一週間しかないけれど、五十人は保証するとよ。車でいくよ。畑中と尾道にいるから」

「俺も車でいきます」

「俺たちは拾わなくていい。お前も島づたいに橋を渡っていくと楽だ」

「松山ですね」

「詳細はメールする。事務所にも伝えておく。真田には伝えた」

「百合江は？」

「飛行機で来るそうだ。松山空港。午後三時には着陸してくれ、と言ってある」

その日の夕方、事務所に寄った加古川から話を聞いた社長は、

「俺の車を使えよ」

と言った。

「BMWですか」

「使ってないほうの黒い国産のセダン。駐車場にある。この裏の」

と言いながら社長はキーを加古川に手渡した。

「霊柩車のあとを、親族を乗せておとなしく走るようなセダンだけど」

「では、おとなしく走ります」

「どこまでだって?」

「松山です」

「それは四国か」

山陽自動車道を福山西で降りて国道二号線に入り、瀬戸内しまなみ海道は三一七号線で、それは今治北まで続いた。向島を南北に横切り、因島《いんのしま》大橋で因島へ渡り、その北西部を抜けて生口島《いくちじま》に入り、その南側に沿ってセダンを走らせ、大三島《おおみしま》をかすめるように通過し、伯方《はかた》島《じま》の西もおなじようにかすめ、大島を南から北へ。それに続いた海上の直線は来島《くるしま》海峡大橋で、右に見下ろす島の名は武志島《むしじま》だと、加古川は思い出した。そのあと、上をとおって横切ったのは中渡島《なかとしま》で、そのあいだにある小さな岬の名は地蔵鼻だと思い出し、加古川はひとりで笑った。今治北で降りて西へ向かう国道に入った。一九五号線だ。海に沿って走り続けると松山だった。

お城の南側だ、と木島は言っていた。駅のすぐ近くだ、とも言った。伊予鉄の横河原《よこがわら》線を加古川は思い出し、木島が言った駅とは、この線ともう一本の線とが出合うところだろう、と見当をつけた。そのもう一本の鉄道はなんと言ったか。喫茶店の前を徐行してとおり過ぎたとき、加古川は思い出した。伊予鉄道の郡中《ぐんちゅう》線だ。

店の隣に駐車場がある、と木島は言った。店の名前そして来客用、と書いた看板が三台分のスペースにあった。右端にSUVが停まっていた。木島さんのだと思いながらその左のスペースにセダンを停め、うしろの席にケースに入れて横たえてあったストラトキャスターを下げて、店に入った。木島と畑中が奥のテーブルでならんで椅子にすわり、向かい合っている三十代の男性が店主だろう、と加古川は思った。

木島と畑中はコーヒーを飲んでいた。だから加古川もコーヒーを注文した。畑中が彼を店主に紹介した。黒いTシャツの上に黒い長袖のポロシャツ、黒いジーンズに黒いバスケットボール・シューズという店主の服装を、加古川は見るともなく見た。

「腹はへってないか」

畑中に訊かれて、加古川は首を振った。

「この町の人たちがコーヒーを飲みに来る店です。ひとりで来る人は文庫本とにらめっこ、あるいは、スコーンに季節ごとの手作りのジャム。ホットケーキ。卵サンドもあります。サンド、と略したくないのですが、いつのまにか」

と店主は笑った。

加古川は店内を見渡した。木島が電話で言ったとおりだった。外から店内の見える大きなガラスの壁にドアがあり、入るとすぐ右にアップライトのピアノがあった。左の壁は奥まで本棚で、そこから直角に曲がってもうひとつ壁があり、そこも本棚だった。本棚の前は一段だけ高く、朗読に良さそうだ、と加古川は思った。ひとりでストラトキャスターと遊びながら、弾いてみたり歌ってみたりもいいだろう、とも思った。

ピアノの奥が二階への階段だった。階段の下にあたるスペースが調理場で、その外はカウンターでストゥールがいくつかあった。居心地は悪くないはずだ、というのが加古川の結論だった。

「彼は神戸のライヴに来てくれることになってたんだ」

と畑中は向かい側の店主を示して、加古川に言った。

「その神戸がキャンセルになって、彼が乗り気でさ。店主が乗り気なら、やるほかない。今日のステージは成りゆきだけど、東京ウエハラリアンズという名称は説明しておいたほうがいい。加古川のMCで始まって、木島に話を振ってくれ。木島の話のあと、上原敏を二曲やろう。『妻恋道中』と『流転』だ。どちらも歌詞は三番まであるから、一番を真田、二番を百合江、三番を加古川だ。俺は適当にベースのパートで合わせる。それから東京サエキアンズの話も入れよう。木島に振ってくれ。歌は『湯島の白梅』と『有楽町で逢いましょう』かな。そこからは成りゆきだ。百合江に喋らせようか。股旅の説明をしてもらおうか。仁義を切るポーズもやるといい」

「水島百合江さんの朗読の会はぜひ企画させてください」

と店主が言った。

「本棚の前をこれだけ動けるなら、百合江も楽しめると思う」

と畑中が答えた。

「頼んでみます」

と、加古川がひと言を添えた。

一時間前に真田と百合江が店に到着した。畑中はスティール・ギターの位置をきめるために店主と本棚の前へいき、木島が加古川とならんですわりなおし、テーブルの向かい側に真田と百合江がすわった。

「迎えにいって来た」

と、真田が加古川に言った。

「空港へ」

「そうだよ」

真田の短い返事を受けとめて、加古川は心のなかでしばし目を閉じた。先日、百合江と待ち合わせたチーズの店で、真田に寄り添うことにすべての能力を注いでくれ、と自分は百合江に言った。それに対して百合江は、了解です、と答えた。了解どおりにしているのだ、と加古川は思った。

店の裏にあたる位置に楽屋をかねた控え室があり、木島はそこへ百合江を案内した。テーブルには真田と加古川のふたりが残った。

「お前だけには言っておく」

いつもの低い声で真田が言った。

「聞いてます」

「惚れた女を前にすると、俺は寅さんなんだよ」

「言葉に出来ないのですか」

「手も足も出ない。最後のところでな」

「それで、どうしたんですか」

「覚悟をきめたよ」

「覚悟？」

「思いっきりストレートにいく」

「いいですね。まっすぐなのは俺も好きですよ」

「それから」

「それから？」

「捨て身だ」

「万歳ですか」

「なんだ、それは」

「自決ですよ」

加古川の言葉に真田は首を振った。そしてそのまま黙っていた。

「捨て身で、どうしたんですか」

「そこから先へとつながる捨て身だ」

「ははあ」

「目にいっぱい涙をためて、私でいいの？と水島百合江は言ってくれた」

「やりましたね」

「やったよ」

「俺だって目に涙です。泣きますよ」

「そうか」

「声を上げて泣いたりはしませんけれど」

「ほろりとでも泣くか」

「それでいきましょう」

「俺たちのレパートリーにある『旅姿三人男』のなかに、ついほろり、という部分がある」

「知ってます。森の石松のところです」

「それから『妻恋道中』には、またほろり、という部分がある」

真田の言葉を受けとめて、加古川は低くした声で歌った。

「泣いてなるかと心に誓や、誓う矢先にまたほろり」

「馬鹿は承知だよ」

「誰が馬鹿なのですか」

「俺やお前」

「俺も加えていただけて、光栄です」

木島と百合江が控え室から出て来た。

「今夜は今治の実家に泊まります。本州から島づたいに橋を渡って来ましたけれど、帰りはその逆のコースです」

加古川の言葉に真田はうなずいた。

## 6

奥に長い建物の側面にある通用口から、三人は外に出て来た。隣の建物とのあいだの狭い通路をおもての道へ出た。おもての道とは言っても、駅の北口から続く歓楽街のなかの、入り組んだ道のひとつなのだが。

出て来た道の向こう側へ渡った加古川は、四階建てのその建物を振り返って見上げた。キャバレーであることを告げるネオン管の出来ばえや色を観察し、入口を見た。東京サエキアンズとして出演している彼ら三人の、写真入りの立て看板の一部分が、加古川の位置からも見ることが出来た。

「まだこんなのが残ってたのか」

と加古川は言った。

「珍しいか」

木島裕一が笑顔で訊いた。

「中二階にステージが張り出してるのは初めてです」

「客席は三階まであるんだ。三階の客はステージを見下ろすことになる。ただしいまは三階は使われてない」

建物を指さしながら木島が説明した。畑中がそのかたわらへ道を渡って来た。

「かつておなじ構造のジャズ喫茶が銀座にあった。ここの社長がそれとまったくおなじに作ったのが、この店さ。高校を出るまでは名古屋にいて、東京に出て来て最初に働いたのが、そのジャズ喫茶だった。いつかは自分もこんなものを、と思って図面をもらっておいたのだそうだ。銀座のはもうとっくにないけどな」

「敷地は向こう側の道まで届いているのですね」

「細長い建物の前半分がキャバレーで、うしろ半分が事務所だ。なかでふたつはつながってる」

スティール・ギターの畑中にストリング・ベースの木島、そしてギターの加古川は、このキャバレーに出演していた。今夜の最初のステージを終わったところだ。社長の要望に応えて、今夜のレパートリーは裕次郎《ゆうじろう》のヒット曲集だった。三人は揃いの薄い紫色のジャケットに、白い長袖のシャツに黒いニットのタイ、そして黒いスラックスによく光った黒い革の靴だった。

「確かに、こんなのがよくここに残ってるよね」

歩き始めて畑中が言った。

「しかも客が入ってる。ホステスの数も半端ではない」

三人は交差する道に出た。

「先日のあのバーへいってみようか。あの女性、いるかな。なんと言ったっけ」

「順子《じゅんこ》です。いまのあのキャバレーの社長は、名古屋の出身なのですね」

「そうだよ」

「だから最初の歌が、『白い町』だったのですか」

「そうさ。あれは名古屋の歌だ」

「固有名詞がいくつか出てきますね」

「今夜は特に社長の希望だ。『狂った果実』はスティール・ギターのソロで、という注文もあった」

バーのある建物のまんなかに入口があった。その入口を入り、両側が煉瓦の壁になった通路を奥までいくと、小さなエレヴェーター、そして階段があった。三人は一列になって階段を二階へ上がった。ドアは三つあった。左側のドアを開き、木島からなかへ入った。ごく平凡なバーだった。カウンターに客が三人いた。初老の男性をまんなかにして、その両側に素人の若い女性がひとりずつ。店の順子は彼らの前に立ち、世間話をしていた。

「あら、いらっしゃい」

と彼女は三人に言って客に向きなおり、

「すぐ近くのお店で歌ってらっしゃるかたたちです。とても人気があって。ひょっとしたら歌を生で聞けるかもしれません」

三人の客たちの手前に立ったまま、先頭の木島が、

「雨が降って来ました」

と、ベースマンの声で、穏やかに言った。どこかに雨のある歌詞へとつながるひと言だ、ということは畑中と加古川は直感した。

「情」

と木島が、ベースの低い声で、Eフラットのお手本のように歌った。ソ・ファ・ソ・ファ・ミ・レは「な・さあああ・け」となり、最後のレは二分音符ひとつに八分音符ひとつが加わった。

それに続く、「ないぞえ」は、「な・い・い・ぞ・お・お・お・お・え」で、八分音符が三つのあとに十六分音符が五つ、そして「え」は四分音符ひとつの長さとなった。『旅笠道中』という歌の、四番の歌詞だった。

「道中しぐれ」

と畑中がのびやかに歌い、それを受けた加古川は、

「どうせ降るなら、あの娘《こ》の宿で、降っておくれよ」

と歌い、三人がユニゾンで揃って、

「しんみりと」

と、結んだ。「ん」が十六分音符ふたつ、そして「り」から「と」へ移っていくあいだに、おなじく十六分音符が五つあり、二対五の対比をユニゾンは際立たせた。

「素敵」

と順子が言った。

「お店に出ていて人気のある人たちは、違うのね」

熱心な自分の思いを人に語るとき、華やいだ美貌の順子には、妙に清楚な雰囲気が漂った。

「気に入った」

と初老の男性が言った。

「崩れた汚い歌声かと思ったら、その正反対だった。崩れてない。じつにきれいだ。直角のところは直角のままだ」

「男性三人の歌声って、いいものなのね」

とひとりの女性が言い、初老の男性の向こうにすわっているもうひとりの女性が、

「おっしゃったとおり、とてもきれい。だから情感が透明なのよ」

と感想を述べた。

木島は初老の男性に、丁寧な口調で言った。

「いま歌ったのは『旅笠道中』の四番の歌詞です。よろしければ、一番からとおして歌います」

「大賛成。歌ってもらいたい」

とカウンターの男性は言い、上着の内ポケットから長財布を取り出し、五千円札を一枚抜き取り、いったんカウンターに置いたのち、その五千円札の端を指先につまんで順子に差し出した。

「こちらのかたたちにね」

と順子は言い、男性は大きくうなずいた。三人は『旅笠道中』を歌った。歌詞を一番から

四番まで彼らは歌いとおし、カウンターの三人は拍手し、順子は、

「素敵、素敵」

と言った。

「これは、いい。気に入った」

と男性は言い、

「あと一曲」

と、木島を仰ぐように見た。

「ご希望は」

という木島の言葉に、男は次のように答えた。

「なんと言ったってこの俺は、『北帰行』なのよ。この歌が出ないことには、なにひとつ始まらない」

と言い終える瞬間に重なったのは、加古川の歌声だった。

「窓は夜露に濡れて」

と加古川はきれいに歌い、それを引き継いで畑中が、

「都すでに遠のく」

と歌い、木島のベースが、

「北へ帰る旅人ひとり」

と低音を敷きつめた上に、

「涙流れてやまず」

と、三人のユニゾンが軽く浮かんだ。

すかさず畑中が二番の歌詞に移り、

「夢はむなしく消えて」

と歌って加古川に顔を向け、加古川は、

「今日も闇をさすらう」

と歌いながら、順子を促した。なんの屈託もなく、ごく当たり前のこととして、順子は歌った。

「遠き思いはかなき希望《のぞみ》」

という清楚さを三人が、最後の三小節のユニゾンで、

「恩愛我を去りぬ」

とくるんだ。

カウンターの男性は盛大に拍手し、両脇の女性たちがそれにならった。

「歌詞を三人でまわしていくんだ。そして最後に三人で。あなたも、うまいねえ」

と彼は順子に言った。

「どこかで歌ってるの？　ここはアルバイト？」

順子は静かに微笑し、

「素晴らしかった、ありがとう」

と、男性は三人に言った。

それを挨拶として受けとめ、三人は深く一礼をし、バーのドアへ歩いた。木島そして畑中が店を出ていき、続く加古川に順子は千円札を三枚見せたのち、それをふたつに折り、自分の指先から加古川の手のなかへと、移した。受け取った加古川は階段を降りた。先に階段を降りた畑中と木島が建物の外で待っていた。千円札を一枚ずつ、加古川はふたりに差し出した。それぞれに受け取り、

「あの女性は俺たちの紅一点にいいかもしれない」

と畑中が言い、次のように重ねた。

「見た目と歌いかたとのあいだに、かなりの落差がある。そこが持ち味ないしは雰囲気になるかな。歌は真面目だよ。しかも汚れてない」

「あの男性は五千札を出したよな」

と木島は言った。

「自分のところに二千円抜いて、千円札を三枚くれるは、堂に入ってる」

と木島は笑った。

横断歩道の信号は赤だった。三人は歩道の縁に立ちどまった。加古川は千円札の短いほう

の縁を指先にはさみ、顔の前に掲げた。千円札は風の吹いている方向へなびいた。

「風が出て来た」

と加古川が言った。

「明日の朝になってもまだ吹いてたら、それは今朝の風だよ」

と畑中は言った。

『妻恋道中』の十四小節目の後半から、三番の歌詞で、

「なぜに泣かすか」

と畑中と加古川が歌い、加古川に促された木島は、二十一小節の後半から残りの五小節を、

「今朝の風」

と、ベースマンの声で歌った。

「次のステージまで三十分ある。なにか食っておこう」

と畑中は言い、道の向う側を斜めに指さした。

「出演してるキャバレーの二軒隣には、カレーライスの店があるじゃないか」

ピーばかり食うな

駅の西口から放射状にのびる商店街が三本ある。そのうちのもっとも南寄りの商店街の角を、五十六歳の河合五郎《かわいごろう》は入っていった。入口の左側にある店はかつては靴屋だったが、閉店してシャッターを降ろしたままだ。右側の角は薬局だ。かすれた金文字で店名の描かれた、ガラスの引き戸が昔のままにあった。初老の店主は常に白衣を着ていた。

シャッターを降ろしたままの靴屋の隣はいまも営業を続けている豆腐屋で、その隣は甘納豆屋、そしてさらにその隣が喫茶店で、歩いて来た河合五郎はその喫茶店に入った。

右側に低いカウンターがあり、道に面したガラス窓からの光は、カウンターのなかばまで届いていた。カウンターの奥はコーヒーを淹れる調理場だった。店主の青山祐子《あおやまゆうこ》がカウンターのなかにいた。カウンター前の通路と向き合ってテーブルと椅子の席がいくつかあり、店の奥もテーブル席だった。客はいなかった。

「おう」

と、河合はごく淡い笑顔で、祐子にそう言った。

「おう、さん、いらっしゃい」

カウンターのまんなかのストゥールに河合はすわった。カーゴ・パンツの右脚のポケットから柿ピーの袋をひとつ、彼は引き出した。それをカウンターに置き、

「ほかに客のいない時間を狙って来た」

と言った。

「なぜ?」

「おおっぴらに食える」

と彼は柿ピーの袋を示した。

「いつだって食べていいのよ」

と言って五十三歳の祐子は柿ピーの袋を見た。

「あそこの店で買って来たのでしょう」

「そうだよ。あそこの店。これはまともだから、うまいと言っていい。食ってるうちに口がしびれてくるのがあるからな。食い続けてると、やがて物が二重に見えたりするそうだ」

「いつもの?」

と祐子は訊いた。

「そう、いつもの」

彼の返事を受けて祐子はカウンターの奥でコーヒーを淹れる準備を始めた。コーヒー・ミ

ルの音が止まってから、

「どうだい、今日は」

と河合は訊いた。

「今日は今日なのよ」

「今日も今日とて」

「そう言ってもいいわね」

と答えた祐子は、ふと思いついたこととして、次のようにつけ加えた。

「あなたも変わらないけれど、五十代なかばそのものに見えるわね」

「だって、五十六だもの」

「まさにその歳に見えるのよ」

「いいじゃないか」

「それも才能かしら」

マドラスのパッチワークのシャツの袖をまくって裾はカーゴ・パンツの外に出し、履いているのはトレッキング・ブーツだった。

「髪かなあ、ポイントは。禿げないわね。それはリーゼントなの？」

「いまでもポマードを使ってるよ」

「年代もののヘア・スタイル、という感じよ」

「アンティークか」

「そこまではいかないけど」

コーヒー・カップを受け皿に載せ、祐子は河合の手もとに置いた。

「いい香りだ。ここのは、うまいんだよ」

カップの持ち手に指をかけ、カップを持ち上げ、そのまましばらく待ってから、カップの縁に彼は唇をつけた。熱いのを少しずつ、彼は飲んだ。

「うまい」

と言って彼はカップを受け皿に戻した。そして柿ピーの袋を手に取った。

「私にも頂戴」

「食えよ」

祐子は平たい皿をひとつ持って来た。袋を開いて柿ピーを、河合はその皿に出した。袋から半分ほどが皿に出た。彼が柿ピーをつまみ、祐子もつまんだ。

「角の靴屋はシャッターを降ろしたままだね」

「お店はもう閉じたのよ。ヒールを直してもらったのが三年ほど前かしら」

「ヒールなんか履くのか」

「履くわよ」

「いまでもスタイルのいい美人だもんな」

口に入れた柿の種とピーナツを噛み砕いて、

「いくつになった」

と、河合は訊ねた。

「余計なお世話よ」

「教えてくれなくたって知ってるよ。おなじ地元の高校の入れ違いだもの。ということは、俺より三つ年下だ」

「そうだった？」

「名前は青山祐子」

「よくある平凡な名前よ」

「そしてこのコーヒーは、その名前にちなんで、ブルーマウンテンだもんな」

「うちの自慢なのよ」

「なにが」

「ブルーマウンテンのコーヒー。カリブ海に浮かぶジャマイカという島の、標高八百メートルから千五百メートルまでの、ブルーマウンテン地区で採れた豆だけが、ブルーマウンテンなのよ。昼夜の寒暖差が大きくて、急斜面は火山灰の土壌で水はけがよくて。急斜面だからコーヒーの栽培はすべて手作業で、ひと粒ずつ人が手で摘むのよ。いちばんいい豆のなかから、うちにまわしてもらってるの」

「カリブ海はいいけれど、島は浮かんじゃいない」

「そういう言いかたよ」

河合は皿の上の柿ピーを見た。

「おい」

「なあに？」

「ピーばかり食うな」

「けちねえ」

「俺がけちだかけちではないかの問題ではないだろう。ピーばかり食うな、と言ってるんだ」

「ピーって、なに？」

「ピーナツだよ。柿の種という小さな煎餅とピーナツとが、およそ半々に入ってる。だから食うときにも、半々に食え」

「ピーって言うから、按摩の笛かと思った」

「ピーと鳴ったら按摩の笛とは、昭和初期の話だよな」

祐子はピーナツをひとつ、白い指先につまみ、きれいに口紅をつけた唇の先に、それをくわえた。

店のドアが開いた。中年の男性がひとり、入って来た。

「おや、おや」

と河合は驚き、

「お前か」

と言い、

「俺だよ」

と、川島裕次郎《かわしまゆうじろう》が笑顔で答え、

「ここでいきなり会えたか」

とつけ加えた。

オレンジ色の長袖のポロシャツの上に黒いナイロンのウインドブレイカー、そしてジーンズにエンジニア・ブーツの川島に、

「すわれよ」

と、河合はかたわらのストゥールを示した。川島はそこにすわった。三日月のかたちをしたちいさめの黒いナイロンのショルダー・バッグを、川島は両膝の上に置いた。

「ここにお前がいるとは」

笑顔で川島が言った。

「おなじ歳に見えるかい」

と河合は祐子に訊いた。

「入ってらしたとき、私よりお若い、と思ったけれど」

「気をつけろよな」

河合は隣の川島に言った。

「こういうのを美辞麗句と言うんだ」

そして祐子に顔を向け、自分と川島を交互に示して、

「おなじ歳だよ」

と言った。

「この地元で中学と高校がおなじなんだ。正確に言うなら、小学校の五年生の秋からか。ところが、高校を卒業したある日、こいつはいなくなった」

「お別れ会を何度もしたじゃないか」

と河合に言ったあと、祐子に顔を向け、

「ブルーマウンテンが自慢ですって？」

と訊いた。

「雑誌で見たな」

と河合が言った。

「この近辺を特集してた雑誌。このお店も出てました。店主のお写真も」

「そっくりだったろう」

という河合の言葉に川島はうなずいた。

「そりゃあそうですよ。同一人ですもの。ブルーマウンテンね」

「お願いします」

柿ピーの皿を河合は示した。

「柿ピーをつまめよ。ピーばかり食うなと、たったいま、美人の店主を叱ったばかりだ」

川島は柿ピーをいくつかつまみ、口に入れた。

「うまいね」

「うまいんだよ。だから俺はわざわざこれを近くで買って、ここへ来てコーヒーを飲みながら、つまんでは食うんだ。私にも頂戴と店主が言うから、好きなだけ食えよと答えたら、ピーナツばかり食うもんだから、ピーばかり食うな、と文句を言ったところだった」

「そこへ俺が来たのか」

「よく来た。久しぶりだ。三十代のなかばに浅草で会ったな。そこからだと、二十年ちょっとか」

「元気か」

川島の様子を河合は上から下まで観察した。

「なるほど、立派な自由人だ。作家の先生だもんな」

祐子が川島にコーヒーを持って来た。

「先生はよしてくれ」

「いや、先生だよ」

「先生はあの高校の先生だけでたくさんだ」

「あそこでは、先生とは言わなかっただろう」

「先公と言ってたか」

　ふたりは笑った。

　川島はコーヒー・カップを持ち上げ、熱いコーヒーに口をつけた。おなじ動作を何度か繰り返す川島を横から見て、

「どうだ」

　と河合は訊いた。

　川島は深くうなずいた。

「確かに、うまい。雑誌にもそう書いてあった」

「あなたで十人目くらいかしら。あの雑誌を見てここへ来た人」

「そうですか」

　川島はコーヒーを飲んだ。

「作家の先生だよ」

　と、川島を示して祐子に言い、川島には祐子を示して次のように言った。

「俺たちとおなじ高校の、三年遅れの入れ違い。後輩だよ。そして俺とお前は、小学校から中学をへて、高校を卒業するまでずっと、おなじクラスだもんな。高校を卒業して春のある日、この川島はここから出ていった」

「引っ越しただけだよ」

「だから出ていったのさ。それまではいたのに、急にいなくなったんだから。どこへいったんだっけ」

「世田谷の梅丘というところ」

「小学校の五年生の秋に、なぜここへ越して来たんだい。その話はまだ聞いてないね」

コーヒーを飲みながら川島はうなずき、

「親父の酔狂」

とだけ答えた。

「スイキョーとは」

「平凡な公務員だよ。ただし、将棋と俳句にはのめり込んでいて、どちらも師と仰いでいた人ふたりが、ここから歩いて五分ほどのところに住んでいたから。自分もすぐ近くに住んで、師のもとへ歩いて通うためさ」

「引っ越して来たのは、そういう理由だったか」

「それだけ」

「よかったじゃないか。おかげで俺と知り合えた。三つも年下の後輩のいい女を、こうして紹介出来てもいることだし」

「何度も言う。このコーヒーはうまい」

と川島が言った。

「柿ピーもな」

柿ピーの袋に向けられた川島の視線をとらえて、河合が説明した。

「ここへ来る途中に自然食品の店があって、そこで買ったんだ。ここへ持って来て、コーヒーを飲みながら食う。今日は六月の雨の日になるのかなあ、と思いながら、今日もこうして柿ピーを食ってたわけさ」

川島は柿ピーをつまんだ。

「きみも」

と、河合は祐子を促した。

「ピーだけをね」

「そうじゃないよ。ピーばかり食うなと言ったばかりだろう。この柿の種はうまいんだ。噛んでると嫌な気持ちになってくるのがあるだろう。表面がつるつると光ってて、ひどい茶色で」

「舌先がしびれたようになるよな」

「さらに食ってるとろれつがまわらなくなる。やがて口から泡を吹いて、地面に倒れるそうじゃないか」

「気をつけよう」

　という川島の言葉をきっかけにして、河合は話題を変えた。

「変わりはないのか」

　という河合の問いに川島は首を振った。

「なにもない」

「奥さんは？」

「別れた」

「大変化じゃないか」

「三十七のときに結婚したんだ。おなじ年齢どうしだったよ」

「初婚かい」

「なんだって？」

「初めての結婚かい」

　川島はうなずいた。

「どちらにとっても」

「なにをやってた人だい」

「詩人」

　という川島の返答に河合は笑った。

「詩人と作家か。その話は聞いたかなあ。うまくいかない典型だろう」

「いろんな人にそう言われた。いつまで持つか。結婚したばかりで早くも時間の問題だ、とも言われた。みんな楽しんでたよ」

「いつ別れるか、楽しみにしてたわけだ」

「そうだね。でも、六年も続いた」

「四十三歳で離婚か」

「うん」

「離婚の原因になった人はとびきり美しいとか」

　川島は笑って首を振った。

「そういう話ではないんだ」

「そんな人はいないのかい」

「いるわけがない」

「いまも」

「いまでも独身だよ。晴れやかなもんだ」

「そうか。それはいい。不足はないか」

「どこにもないね」

「浅草で会ったときはまだ独身だったよな」

「結婚する前だ」

「うちのは元気だよ。高校の同級生と共同で開いた惣菜の店がうまくいってる。忙しいよ。だからこの俺も、なかば独身のようなもんだ」

「だからここでコーヒーか」

「ここのコーヒーはうまいからね。ただ単にうまいだけではなく、気力が高まるような気がする。熱いのをひとりで少しずつ飲むのもいいけれど、こうしていまみたいに、友だちと喋りながらのコーヒーは、ひょっとしたら、いちばんいいかな」

「ひょっとしたら?」

「ひょっとしなくてもいいか」

河合の言いかたに川島は笑った。

カウンターをあいだにして、ふたりと向き合う位置に祐子がいて、ふたりのやりとりを聞いていた。

「私が淹れるコーヒーよ」

と、祐子は言った。

「そうだ、それを忘れちゃいけない。ここで飲むコーヒーは、こういう人が淹れてくれるんだ。ところで」

と、河合は川島に顔を向けた。

「なぜ、今日、ここへ来たんだい」

「久しぶりだから」

「浅草から数えたって、二十年ぶりだよ」

「二十五歳のとき、ひとりで戻って来てる」

「すぐに連絡をくれたっけな。グランド・キャバレー千姫だよな。ビルは残ってるよ。すぐ近くだ」

「千姫の専属のバンドマンをしてた。三年続いたよ。二十八歳のときにそのバンドが解散して、俺は世田谷の実家に戻った」

「それまではちょくちょく会ってたよな。コーヒーを飲んだら、そこいらを歩いてみるか。久しぶりなら懐かしい景色もあるだろう」

「アーケードのなかに万年筆の店があっただろう」

「あるよ。いまでも。新田啓介《にったけいすけ》の親父さんの店だ。新田という同級生は覚えてるだろう。いまは我孫子《あびこ》の役場に勤めてるよ。財務課の名刺をもらったなあ」

「それはよかった」

「あの店ならいまでも開いてる」

「そこへいってみようかと思う」

「道順は覚えてるか」

「アーケードのなかだから」

「連れてってやるよ。いっしょに歩いてみよう。なんでまた万年筆屋なんだよ。そうか。商売道具か。作家の」

「インクを探してる」

「なにか特別なインクかい」

「パーカーのウォッシャブル・ブルーというインク。店で買いたいと考えてたら、あの店を思い出した」

「それを探してるのか」

「小売店の在庫には、あるかもしれないと思った」

「ははあ、なるほど」

と河合は言った。

「こんなところのアーケードのなかにある、新田の親父さんの店のようなところなら、昔に仕入れた在庫がそのまま、埃をかぶってるかもしれない、と思ったわけだ」

「昔の同級生って、いいわね」

と祐子が言った。

「お前がさっきここへ入って来たとき、二十年ぶりなのに、すぐにわかったよ。あ、川島だ、と。変わってないね」

「お前もな」

「コーヒーをお代わりするか。あるいは、帰りにまた寄ってもいい」

「そうしよう」

「柿ピーは置いてくよ」

と、河合は祐子に言った。

「ピーナツだけ食べとくわ」

ふたりはストゥールを立った。川島がコーヒー二杯分の代金を支払った。

「ちょっと歩いて来るよ。アーケードのなかの万年筆屋にこいつを案内して、戻って来る」

三人連れの女性客が店に入って来た。彼女たちと入れ違いに、ふたりは店を出た。ふたりが店の前にいるとき、男のひとり客が入っていった。

「千客万来だね」

「よく見るとバーのような造りでもあるんだ」

「夜は酒も出したと思うよ」

「カウンターが低くていいね」

ふたりは商店街を駅のほうへと戻っていった。角にあるシャッターを降ろしたままの靴屋を、河合は右肩ごしに振り返った。

「シャッターを降ろしてるのはあそこだけだよ。看板はそのままだけど。別の店にならないんだ」

駅前から西へのびる三本の商店街のまんなかが、アーケードになっていた。直線で三百メートルを越える長さがあり、その両側に商店が壁を接してならんでいた。脇道が左右どちらの側にも二本ずつあった。高いアーチの入口を入り、ふたりは奥に向けて歩いた。

「人が多いね」

「シャッターの降りたままの店がまだ一軒もないんだ。一年前に一軒あったけど、すぐに別の店になって続いてるよ。漬物屋が健在だよ。沢庵を買うことが出来る。桶のなかに埋まってる長いのを引っぱり出して、水道の水で洗ってもらう。あれがまだあるんだ」

天井の高いアーケードの下は明るく、歩いている人は多く、ぜんたいの雰囲気は賑わったものだった。

「万年筆屋はもうじきだよ。ほら、昔とおなじく、右隣が和菓子の店で、左隣は花見煎餅だ。甘辛に左右からはさまれて、店主は元気かな」

河合がガラスの引き戸を開き、ふたりは店内に入った。店主がすぐに出て来た。痩身のなかば白髪の男性で、黒いTシャツの上に黄色いダウン・ヴェストをはおっていた。河合を見て、

「おや」

と笑顔になり、

「お連れさんもかつてよく見た顔かなあ」

と、滑らかな口調で言った。

「いまや先生だよ」

「裕ちゃんだ。学校の先生？　裕ちゃんなんて言っちゃいけないか」

「作家だよ」

「そうか、作家の先生か」

「この店へ来たいと言うから、連れて来た」

「それはありがたい」

間口の狭い店だった。ガラスの引き戸を入ると正面にガラス・ケースがあり、その奥はすぐに日常生活の場だった。左右の壁に寄せてさらにガラス・ケースがあり、その上は天井まで棚だった。棚には箱に入った商品がぎっしりと詰まり、ガラス・ケースのなかのどの棚にも、万年筆が重なり合ってならべてあった。

「客が来なくてすっかり淀んでるかと思ったけれど」

遠慮のない口調で河合が言った。

「そんなことないねえ。店は明るく、埃もたかってない」

「うちはお客さんが多いんだよ。現行品以外の在庫の豊富さで知られてるから。昔から売るより仕入れるほうが好きでね。仕入れては店に置いとくんだ。奥のひと部屋がそのまま在庫の棚で埋まってるけど、おかげでいまはそれが商売になっててさ。探してる人がうちへ来るんだ」

「川島の先生もお探しだよ」

「なにを？」

「パーカーのウォッシャブル・ブルーというインクです」

「瓶入りね」

「そうです」

「ありますよ。古いので十年くらいになるかなあ。つい最近のもあるし。古いのは色が変わってて、本来の淡いブルーではないけれど、これが在庫料の上乗せで二千八百円。最近のは定価のまま」

「ふたつずつ下さい」

「持って来ます」

と言って店主はカーテンの奥に入った。そしてすぐに出て来た。紙箱を四つ、ガラス・ケースの上に置いた。

「パッケージが違うんですよ。こっちが昔の。さっきも言ったとおり、色は変わってます。

こちらはこの三年くらいのだから、色はほぼそのまま。原稿を万年筆でお書きになる？」

と、川島に訊いた。

「原稿は手書きしてませんけど、万年筆は毎日使います」

「思い出した」

と、川島のかたわらで河合は声を上げた。

「おい、新田のお父さんよ」

「なんでしょう」

「譜面台がないね」

河合の言葉に新田は笑った。

「ここに立ててあったんですよ」

と、新田は河合と川島のふたりに言った。

「金属製の長いのをわざわざ金鋸で短く切って」

「譜面台だよ」

と河合は言った。

「わかるかい。わかるね、と言ったほうがいいか」

「やってみせましょうか」

と新田は受けた。

「お願いしたいね」

しゃがんだ新田はガラス・ケースを開き、すぐに出せるところにあった万年筆を一本、指先に持って立ち上がった。黒軸の短い万年筆を片手の指先に持って掲げ、

「では」

と言って一拍だけ置き、次のように言った。

「みじかびの、きゃぷりてぃとれば、すぎちょびれ、すぎかきすらの、はっぱふみふみ」

そして、

「このすぐあと、わかるね、という台詞があるのさ」

「わかるかい」

河合は川島に顔を向けて言った。

「俺もお前さんも、まだ十歳になってない頃のことだよ」

「そんなもんだね」

と新田は言った。

「声の調子からなにから、そっくりなんだ。顔はまるで違うけど」

感心してそう言った河合に、新田は次のように言った。

「在庫を探しにいらしたかたと昔のパイロットの話になると、かならずこれが出てくるので、いまでも披露してますよ。いまのは広く知られた文句だけど、あまり知られてないのがもう

ひとつあって、ついでだからそれもお聞かせしようか」

「ぜひ、やってくれ」

ふたたび万年筆を掲げた新田は、さきほどとおなじく一拍だけ置いて、次のように語った。

「すぎしびの、ほねのすそにて、はにりてら、すらりぺらぺら、はっぱのにのに」

「見事だ。そっくりだ」

「のにのにってな、よくないね。これ、やっぱり、ふみふみだろうね。という台詞がこのあとにつくんだ」

「いまの声と口調。聞いたかい。そっくりだ」

「くりそつ、というやつだね」

「それがその万年筆かい」

「そう。当時のもの」

「エリートとか言ったなあ」

「エリートS」

「なぜSなんだ」

「短いから。ショートのS。ワイシャツの胸ポケットに差せた。だからスマートのSでもあったわけだ」

「在庫はあるのかい」

「あるよ」

「ペン先が何種類もあっただろう」

「八種類。どれも揃ってる」

「ほらね」

と河合は川島に言った。

「ここへ来れば、なんでもあるんだよ」

「なんでも、というわけにはいかないけれど」

「エリートSの復刻版はありますか」

と川島は訊いた。

「ありますよ」

「それの黒軸のM字」

「ありますよ」

「それも一本、買います」

「さすがだ。実用品としての値打ちは高いです」

左側のガラス・ケースの裏にしゃがんだ新田は、棚に山積みされているケースからひとつを抜き出し、もとの位置に戻って来た。ボール紙の筒から抜いたケースを開き、川島に差し出した。受け取った川島はケースから万年筆を抜き取った。

「確かに短い」

顔を寄せて河合が言った。

「はずしたキャップをうしろに差すと、ちょうどいい長さになります」

と新田は言い、川島はそのとおりにしてみた。

「きれいだ」

「良く出来てますね」

川島はキャップをもとに戻した。

「これも買います」

「ありがとうございます」

「ケースは必要ないです」

保証書に店のゴム印を押した新田は日付をボールペンで記入し、おまけのカートリッジ一本はブルーブラックを添えた。

「エリートは一九六八年からだから、いまもうちにすべて揃ってるのは一九八〇年までだね」

川島が購入したものを新田は紙の袋に入れて川島に手渡した。それを川島はショルダー・バッグに入れた。ほどなくふたりは店を出た。来た方向に向けてアーケードを引き返した。アーチの下をくぐり、さきほどの商店街の入口に向けてふたりは歩いた。

「さっきの店へ戻って、コーヒーのお代わりか」

という河合の言葉に重なったのは、

「川島さん」

と呼んだ女性の声だった。

ふたりは立ちどまった。幅のない歩道を、四十代の美女が正面から笑顔で歩み寄った。三人は歩道の縁へ移り、向き合って立った。

「川島さん」

感慨を含めて、彼女がもう一度、彼の名を呼んだ。

「川島だよ」

「私は？」

「変わらないね」

「変わらないのは、誰かしら」

「おゆき」

「そう呼んでた人もいたわ。でも川島さんは、そこまでいかなかったのよ」

「今日からそう呼ぼうか」

「無理して台詞を作らなくてもいいのよ」

と彼女は言い、自分を指さし、

「これはおゆきという女」

と言った。

「テナー・サックスで吹いてみて」

ふたりを見くらべながら、河合が言った。

「俺もここにいるんだから、話に入れてくれよ。しかし、どこから入っていいのか、見当がつかない。久しぶりの再会なのかな、というところまでは、どうやらつかめたけれど」

「二十八年ぶりなのよ」

と、彼女は河合に言った。

「少し長すぎやしないかい」

「なにが？」

「久しぶりがさ。二十八年ぶりというのは、長すぎやしないか」

「私が十九のときだったから」

「十九の娘に、なにかあったのかい」

「川島さんがいなくなったのよ」

「それは俺もおなじだ。こいつとは幼馴染みでさ。高校をいっしょに出たと思ったら、ある日のこと、こいつはいなくなった」

「さっきも言ったとおり、大学を出て就職して、一年で辞めてバンドマンで転々として、二十五歳のとき、あのあたりにあった千姫というグランド・キャバレーのハウス・バンドのメンバーになって、テナー・サックスを吹いてた。三年続いたよ。バンドが解散するちょっと前、彼女がホステスとしてその店にあらわれた」

「さっき川島の名を呼んだとき、いい声だ、と反射的に俺は思った。声だけじゃないよ、喋りかたもなにも、そのぜんたいがいい女だ。しかも見てくれは華やかな美人で、よくまとまってるし」

「わたしは柏木由起子《かしわぎゆきこ》です」

と彼女は言った。

「おゆきさん。俺とはいま初めて会うね」

河合の言葉に由起子は笑った。

「幼馴染みと久しぶりにアーケードのなかを歩いて万年筆屋へいって、少し眠気がしてたとこだけど、おかげでぱっと目が覚めたよ」

「私を褒めてくださってるの？」

「褒めてるよ。それしか出来ないもの」

笑った由起子は川島に向けて、

「ほんとに久しぶり」

と言った。

「こんなところで」

「私にとっては地元なのよ。雨が降りそうで降らない今日のような日には、なにかあるのかなと思ってはいたのよ」

「いまは作家だって」

「存じてます。二十八年前に川島さんが消えるにあたって、私にはひと言もなかったのよ」

「おや、おや。こうなったら、アーケードの出はずれで立ち話というわけにはいかないよ。あのコーヒーの店へ戻ろうか」

「積もる話をさせて」

と、由起子は甘く河合に言った。

「この道端でかい。段ボールが山のように捨ててあるよ」

「私は郵便局へいく用事があるのよ。おかねのことは四時までなの」

河合は腕時計を見た。

「時あたかも午後三時三十五分」

「風雲は急を告げてるでしょう」

「郵便局へいっといで。コーヒーの店で落ち合おう。これでバイバイは、小説としてもあり得ない」

そう言って河合は笑った。

「そうよ、そのとおりよ」

「ほんとに、いい声だね」

「コーヒーのお店で落ち合うのね」

「さっきまでそこにいたんだよ。これからその店へ戻るところさ。おいでよ」

「いきます」

河合は店名と場所を彼女に教えた。

「そのお店は知ってます。何度かお邪魔してます」

「女性の店主がいる店。彼女の名は青山さん、だからコーヒーはブルーマウンテン。俺と川島は先にいってるから、郵便局が終わったらおいでよ」

「いきます」

「先にいってるよ」

反対の方向へ歩いていく由起子を、ふたりは見送った。青山祐子のコーヒーの店にふたりは戻った。ふた組の客が奥のテーブルにいた。カウンターは空いていた。

「おなじ席におなじ男がすわるよ」

と河合は言い、

「どうぞ」

と祐子は応じた。

「おなじコーヒーでよろしい？」

「ぜひとも」

と川島は答えた。

「さっきから腑に落ちないんだけどさあ」

川島に肩を寄せて河合が言った。

「会社を一年で辞めて、なぜいきなり、この街のキャバレーでテナー・サックス吹きになれたんだ」

「いきなりではないんだよ」

川島は答えた。

「俺は中学から高校の卒業まで、ブラス・バンド部にいたんだ。そのことはお前も知ってるじゃないか」

「そのことを俺は、すっかり忘れてた。そうだった。お前はブラバンにいたんだ。トロンボーンに女のこが三人いたよな。行進しながら演奏するとき、スライドを順番に高く跳ね上げたりして」

「三人とも転校生で、三人ともひどく仲が悪かった。ブラス・バンドでは花形だったけどな」

「そうか。ブラバンだ。大学では、どうしたんだ」

「大学に入って、その大学のジャズ・バンドのメンバー募集のポスターを見たんだ。ちゃんと音の出せる人は大歓迎、と書いてあって、オーディションを受けて合格し、その日からジャズ漬けになった」

「サックスが最前列に四人いたりする大所帯のバンドかい」

河合の言葉に川島は首を振った。

「コンボだよ。五、六人の。大学のあいだジャズばかりやって、卒業して就職しても演奏の仕事があって、夜はそちらへいくと昼間がつらい。だから一年で辞めた。一年も、よく持ったよ」

「辞めて、ジャズか」

「キャバレーのバンド。神田から始めて、上野、浅草、日暮里、赤羽と日替わりのように転々として、千姫のバンドに入って、三年間落ち着いた。知ってる街だから、うれしかったよ。戻って来た、という感じもあったし」

「何度か会ってるよな。キャバレーではジャズかい」

「たまにジャズふうにはなったけど、ストレートな歌謡曲。ムード歌謡の演奏。女性の歌手が来るときには、間奏でテナーが小粋にジャズのアドリブを聞かせたっけ」

「お前が」

「俺にもそんなことが出来たんだ。居心地のいいバンドで、三年続いて、四年目に入ってすぐに解散になって、俺は救われたよ」

祐子がふたりのコーヒーをそれぞれ手もとに置いた。

「解散で救われたとは？」

河合の問いに川島は次のように答えた。

「キャバレーのバンドのレパートリーは名曲ばかりなんだ。客からのリクエストにせよ、店長の選曲にせよ、人気のある名曲がならんでいる。演奏するとは名曲のなかに入ることだから、ひと晩に何曲もの名曲のなかに入る。それを毎日繰り返してると、うまくなるんだよ。うまくなれば、よりよく名曲のなかに入れる。それだけで自分は充分に幸せだ、という日々になる。充分に満足なんだよ。報酬は日建ての現金でもらって、五目炒めと酢豚でめしを食い、部屋に帰って風呂に入って寝る。次の日は夕方の五時に楽器を持って店の楽屋に入ればいい」

「そういう生活にはまり込んでたわけだ」

「ということに気づいて、これはやばい、抜け出そう、と真剣に思った。ちょうどそんな年齢だよ。二十八だから。柏木由起子がホステスで店に入ったのは、ちょうどそんな頃だった。いきつけの喫茶店がおなじだった」

「千姫はいってないなあ。俺は酒を飲まないから。当時から、もっぱらコーヒーだった」

川島はコーヒーを飲んだ。

「バンドは解散して、店は辞めて、由起子というホステスとはそれっきりか」

「それっきり」

「そして、再会か。コーヒーがしみるね」

「どこに？」

と川島が訊いた。

「あちこちに。ハートの、あちら、そして、こちら」

「そうか」

祐子がふたりの前に立った。そして、

「昔話をなさってるの？」

と言った。

「昔話をしてる顔に見えるかい」

「二十八だったとか、再会だとか。断片的に聞こえてたのよ」

受け皿に載ったコーヒー・カップを川島は引き寄せた。そして、

「一日に何度飲んでも、このコーヒーはうまい」

と言った。

河合もコーヒーを飲み、静かにカップを置いて言った。

「あの万年筆屋のはっぱふみふみは、たいしたものだ。声と口調がそっくりだ」

「元歌は単純なんだよ。みじかびの、というのは、短くて、さ。きゃぷりてぃとれば、というのは、キャップを取れば、ということだし、すぎかきすらのは、すぐ書ける、だろう」

「なるほど、なんとなく符合してるね」

と河合は感心したように言い、次のように言葉を加えた。

「俺の考えでは」

と河合が言った。

「はっぱふみふみのはっぱは、掛け算の九九でね。はっぱ、つまり八掛ける八は六十四でさ、書き始めた手紙は便箋に六十四枚、あっと言う間に書けてしまう、ということだよ。ふみふみのふみは文だから、文は手紙さ。便箋に六十四枚もの手紙がすらすらと書ける、という意味じゃないか」

川島は笑った。

「思わず笑うよ」

と言ってコーヒーを飲み、次のように言った。

「四百字詰めの原稿用紙で六十四枚書いたら、それはれっきとした短編小説だ」

「れっきとした」

「熨斗をつけてもいい。尾頭をつけてもいい」

「お前もやっと調子が出て来たな。いまみたいに変なことを言うやつなんだよ、お前は。バンドが解散して、バンドマンの生活から抜け出して、お前はこの街を去ったのか」

「去った。二度目だね」

そう言って川島はうなずいた。

「世田谷の実家に戻って、小説でデビューしたのが三十四歳だった。という話をしてて、いま思い出した。柏木由起子は俺より九歳年下だ」

「いま四十七か。メインテナンスはうまくいってるみたいだ。はるかに若く見える」

ふたりは同時にコーヒーを飲んだ。ふたりともおなじようにカップを受け皿に戻し、河合が言った。

「二十八年ぶりか。よく声をかけたな。二十八年間、なにをして来たのか、お前は知らないのか」

「一度も会ってはいない、という意味では知らないけれど、間接的にはある程度までは知っている」

「間接的には」

「雑誌に載った記事で読んだり」

「彼女のことがあるとき雑誌に出てたりするのか」

「そうだね。声と喋りかたを、河合は褒めただろう」

「褒めたよ。いい声だよ。声だけではなく、喋りかたというか、人との関係の作りかたというか」

「中波のラジオ局だよ」

「これか」

と、嘴《くちばし》を開閉する動作を、河合は片手でやってみせた。うなずいた川島は、

「ラジオで喋る人」

と言った。

「活躍が雑誌などで伝えられ始めたのが、十五年くらい前からかな。彼女が三十代になってから。番組のホステスとして人気が出て。四十代になっても人気は続いている」

「だからいまの、あのような彼女があるわけだ」

そう言って河合は自分たちの前にいる祐子に顔を向け、次のように言った。

「高校のときの出席簿では、カワイの次がカワシマでさ。そのあいだにカワカミだとかカワサキだとか、いろいろいてもおかしくなかったのに、カワイの次はカワシマだった。カシワギならカワイやカワシマのずっと前だな」

店のドアが開き、柏木由起子が入って来た。カウンターのふたりに歩み寄り、祐子に笑顔を向け、

「何度かお邪魔してます。柏木と言います」

と言った。

「覚えてるわよ」

と返した祐子は、

「こんなかたが、なぜ、いま、ここへ、いきなりあらわれるの?」

と、河合と川島に均等に訊いた。

「二十八年ぶりだからさ」

そう言って河合はストゥールをひとつ移動した。空いたストゥールを河合は由起子に示した。美しい動作で由起子は腰を降ろした。

「コーヒーを、ぜひブルーマウンテンで」

と由起子は祐子に言った。

「おおざっぱな話は聞いたんだよ。千姫のバンドの話」

「川島さんはテナー・サックスのお兄さんだったのよ」

「惚れたのか」

「惚れる間もありはしないの。いなくなったから」

「今日から惚れればいい。いなくなって二十八年後に。ついさっき、あそこで再会して、いまはここにいる」

「不思議なことねえ」

という由起子の言葉を河合は受けとめた。

「不思議と言うなら、俺と川島は、ついさっき、二十年ぶりの再会をしてるんだよ。俺が柿ピーを買ってここへ来たら、こいつがひとりで入って来たんだ。この店のことを雑誌で見たんだって。この偶然の再会がなければ、おゆきさんとの二十八年ぶりの再会も、ないわけだよ」

飲み終えた自分のコーヒー・カップの底を川島は見つめ、そのかたわらに祐子は由起子のブルーマウンテンを置いた。

「この香りがうれしいです」

と、由起子は祐子に言った。

「いろんなラジオ番組を司会のようにさばいて人気だって？」

という河合の言葉に由起子は笑った。

「ニュースの原稿も読みますよ」

「基本だもんな」

「この街に実家があって、父は三年前に亡くなり、母は元気にしています。私はいまのラジオ局に勤めてすぐに、局から歩いて五分のところに小さな部屋を持って、そこが前線基地のようになって久しいですね。電車で通勤するのが嫌だったのです。週に二日続けてお休み出来るようになって、今日はそのお休みの初日で、明日は二日目です。実家に来て母の相手をしてます」

「だからコーヒーはひときわうまい」

「こちらのコーヒーはいつだって素晴らしいです」

「川島がいなくなってからの話を聞きたいね」

「私がいま勤めているラジオ局のパーソナリティになることに向けて、十九歳だった私の身の上に、矢継ぎ早にいろんなことが起きたのよ」

と由起子は川島に言った。川島は彼女の言葉を受けとめた。

「高校を出て信用金庫に勤めてたら、ぜひに、ぜひにと請われてあのお店にホステスで入って、すぐにバンドが解散して川島さんはいなくなり、それから三、四日あとに、私がお席についたお客さんがいまのラジオ局のかたで、声も喋りかたもいいからぜひオーディションを受けろと言ってくださって、局にいた若いかたをお店まで呼んでくださったの。三十代のかたで、オーディションの段取りをすべて説明してくださって、私としてはきめられた日の約束の時間にラジオ局へいけばそれでよかったの。空いてるスタジオでその日のニュース原稿を読み、男性ふたりを加えてテーマをきめて、鼎談のように語り合ってテープに録音して、オーディションにはそれで合格。別の日に面接があり、それを通過したら、社員証が発行されて、さっそく野球中継の現場なのよ。ナイターのシーズンだったから。競馬中継の現場もずいぶん経験したし、大相撲の裏方も。土俵入りの型を覚えたら、お座敷の宴会ではかならずやらされたわね。わざとぴったりした黒いミニ・スカートのスーツで。いまでもいくつかの型を、間違えずに出来るのよ」

由起子が語り終え、河合と川島はそれぞれに沈黙し、祐子は新たな客に応対するためカウンターを出ていった。

「卵サンドを食いたくないか。あるいは、カレーライス」

河合が言った。

「腹は空いてきた」

と、川島が応じた。

「サンドとは日本語でサンドイッチのことだよ。サンドイッチも日本語だけど」

「あのお店かしら」

と訊いた由起子に、

「知ってる？」

と河合は顔を向けた。

「マックの角を右に曲がって、まっすぐいって赤いドアの」

「そこだ」

「食べたいです」

「彼女は地元の人だから知ってるよ。お前は知らないだろう」

と河合は川島に向きなおった。

「知らない」

「昔から評判だよ。雑誌には何度も出たよ」

「いこう」

「連れてってやる」

「俺が出前してやろうか」

と、河合はカウンターのなかの祐子に言った。

「それはうれしいことなのよ」

「うまいんだよ、これが。ふわっと厚焼きで。その厚焼きの卵がパンにはさんである様子が、なんとも言えない。三角に切ってあるサンドからは、卵の黄色とパンの白とに加えて胡瓜の淡い緑色が、見え隠れしている」

「そうなのよ。その胡瓜が」

という由起子の言葉に重ねて、

「あれだけふわっとさせるには、クリームかい」

と、河合が訊いた。

「卵じたいが多いのよ。クリームも使います」

「食べてみればわかるけど、この胡瓜が、食べているぜんたいを口のなかで、見事に中和してくれるんだ」

「山ごぼうも素晴らしいのよ」

「それを忘れちゃいけない。付け合わせの赤いきれいな色をしたこれはなんだろう、と思う間もなく、それは山ごぼうの漬物なんだ。これがまた卵サンドにぴったりだよ。絶妙な調和のしかたには、驚くはずだ」

「卵サンドと山ごぼうの漬物という組み合わせは、ただごとではないわね」

「食ってくれ」

「早くいこうよ」

「店で食ったら、テイクアウトを一人前持って、三人でここへ戻って来る」

と河合は祐子に言った。

「まだ温かいのを一人前、持って来てやるよ」

「奥のテーブルをひとつ、空けておきましょうか」

# くわえ煙草とカレーライス

この色にしてみませんか、と店長が薦めた色を西条昭彦《さいじょうあきひこ》は気に入った。軽快な明るさのある褐色だ。いつものとおり黒のコードバンで注文するため、ひと月前、小川町の靴店へいった。かたちはそれまでとおなじブーツで、くるぶしが余裕をもって隠れた。紐で結ぶ。紐を通す穴は左右に三つずつだ。

今日はその新品のブーツを彼は履いていた。自宅を出ていつもの私鉄の駅まで歩き、電車でふた駅のあいだは座席にすわり、ついさきほどその電車を降りた。そして改札からこの商店街へ出て来た。五月の午後が終わって夕方へと近づきつつある時間だ。ブーツの履き心地はたいそう良かった。

カーキ色のチーノに白い長袖のポロシャツ。黒い木綿のジャケット。手ぶらだ。二十六歳の独身で、仕事はフリーランスのライターだ。漫画雑誌を中心にいろんな雑誌や夕刊新聞に、さまざまな文章をほとんどの場合無署名で書いていた。

薬局の前をとおり、生地をたくさん置いた店、そして漢方薬の店をへて路地へと曲がるとところで、前方からひとりで歩いて来る女性に西条は気づいた。姿のいい美人ではないか、と反射的に思った彼は、彼女の親しげな笑顔が自分に向けられていることを、受けとめた。彼は路地の入口で立ちどまり、彼女の笑顔は深まった。

「お店なら六時からよ」

と彼女の明晰な声が彼に届いた。彼女も立ちどまった。

「僕は喫茶店に向かってた」

と西条は言い、路地のなかを示した。

「そこへいきましょうか」

と彼女は言い、

「すぐそこ」

と西条は言った。ふたりは路地に入った。ならんで歩いている彼女の名を、西条は思い出した。藤代《ふじしろ》美佐子《みさこ》だ。この商店街のなかにある、地元のバーのホステスだ。西条はその店の常連と言ってよく、店に美佐子がいるときには、美佐子が席についた。自分はあの店ではこの美佐子の客なのだ、と西条は初めて認識した。

「藤代さん」

と彼は彼女の名を言ってみた。

「なんですか」

「僕はいま二十六歳です」

という彼の言葉に、美佐子は次のように言った。

「私は一九四三年生まれで、この九月には二十三になるのよ。おたがいに、いい年増ね」

喫茶店のドアの前に彼は立ちどまった。

「ここ?」

「そうだよ」

「入りましょう」

ふたりは店に入った。奥の席に壁を背にして彼女はすわり、丸いテーブルをはさんで西条は彼女と向き合った。

「時間がたつのは早いのよ。東京オリンピックが二年前で、もう誰もオリンピックのことを話題にしないのよ。だから余計に時間が早いのね」

中年の女性が水のグラスを持って来た。

「いちばん普通のコーヒーを」

と西条は言った。

「ホットですね」

と訊き返された。

「そうです」

自分に向けられた彼女の視線に、

「私もおなじものを」

と美佐子は言った。

「いつもおなじ男のかたおふたりと、いらっしゃるでしょう」

美佐子の言葉に西条は次のように説明した。

「よく喋る陽気なほうは野田《のだ》さんといって、僕が仕事をしてる漫画雑誌の編集長だ。下りの各駅停車で三つ先のところへ引っ越して来た。もうひとりの、いつもきちんとタイをしたおとなしい男性は、コミックス作家だ。ここから歩いて十二、三分のところに住んでいる」

「あなたも？」

「僕は上りの各駅停車でふた駅」

「三人はここが地元なのね」

「そう言っていい。三人の打ち合わせは、ほとんどいつも、この町だから」

「あなたのお仕事は、なにかしら。編集部のかたではないのよね」

「コミックスの作家のために、毎号のストーリーを作ってる。人物の台詞とト書きを原稿用紙に書き、コミックス作家と近くの喫茶店で会って、検討を重ねる」

「喫茶店はたくさんあるわね」

「ここへも来るよ」

ふたりのテーブルにコーヒーが届いた。

「私はこの町に住むようになって、ちょうど三か月なのよ。それまでは赤羽にいたの」

と、美佐子は言った。西条はミルクと砂糖を使わずに、熱いコーヒーを飲んだ。

「ここから見ると、東京の向こう側の、さらに北のほう。店の営業形態としては、キャバレーかしら。いまの店になる前はグランド・キャバレーで、ネオン管がいまもそのまま残ってて、賑やかに点灯してるわ。グランド・キャバレーになる前がアルサロで、みなさまのアルサロは今日も元気です、という看板も残ってるわ」

「面白そうだ」

「私は接客ではなくて、なんと言えばいいのかな、見せ物ね。私のほかにおなじ役目の女性がふたりいて、ふたりともグラマー女優のような体をしてて、私を加えて三人が、一時間に一度、客席を練り歩くのよ。パレードと言ってたわね。ほとんど裸みたいな衣装で、三人揃って客席のあいだを歩くの。きつい化粧で、しなを作りながら、笑顔をふりまいて。ダンサーでもなんでもなくて、ただ練り歩くだけ。店長がうちわを何枚か持って、先導するの。なにをするためのうちわかと言うと、私たち三人が腰につけてる小さな三角形のショーツは、腰のまわりぜんたいに、細くて黒い紐が何本も暖簾みたいに下がっていて、それでショーツは隠されてるのね。店長が判断したところで立ちどまり、客にうちわを渡して私たちの腰を扇がせるの。うちわの風を受けて、黒い暖簾はかき分けられ、その下のショーツが見えるという、ただそれだけのこと。でも人気があったわ。私たちの仕事はそれだけ。お客さんが帰るときには、ドアのところでお見送り。ドアの外に出ることもしばしばあって、道を歩いてる人たちが私たちを見てびっくりして、この店ではあんなのが接客してくれるのかと思って、入店なさることもあったわね」

「面白いよ。編集長もコミックス作家も、見たいと言うだろう」

「仕事と言えば、それだけ。おかねの使いかたが穏やかなら、充分に生活できた報酬だったのよ。ある日、私は店長に呼ばれて、人を紹介されて、その人にぜひにと頼まれたのが、いまのお店に移ること。接客はしてみたかったけれど、あんまり荒っぽくないところがいいなと思ってて、ここならちょうどいいのよ。だから移ったの。それが三か月前。お店のママが地元のかたで、おなじ高校の同級生が不動産屋さんをしてて、いいお部屋を格安で提供してくださって、それはそれで助かってる、というのが現状よ」

「そのまんま、コミックスのストーリーになる」

と西条は言った。

「接客業の美人が店を移る話。編集長に語ったら、次はぜひそれでいこう、と言うよ」

「私がお店に出た最初の日に、西条さんたちが見えたのね。私が席についたの」

「そうだったか」

「それから何度も」

「いつもおなじ三人だ。男たち三人」

美佐子はコーヒーを飲んだ。カップを丁寧に受け皿に置き、

「部屋ではいつもインスタント・コーヒーなのよ」

と言った。

「部屋？」

「ひとり暮らしのアパートの部屋。生砂糖、という種類のお砂糖を入れて」

「生砂糖」

「砂糖きびを搾って煮詰めて、遠心分離機で蜜と粗糖に分けたときの、お砂糖。お店で売ってるわよ」

「試してみよう」

「おひとり？」

と、美佐子は西条に訊いた。

「僕は小さな家にひとり暮らし。おなじ敷地のなかに実家があって、そこには両親が住んでいる」

「コミックスのストーリーとは、どのようなものなの？」

と美佐子は訊いた。

「なぜかサングラスをかけてトレンチ・コートの襟を立てた男の人が、怖い顔して拳銃を撃

ったりするの？　美容院でそんなのを見せてもらったことがあるのよ」

苦笑した西条は、

「その反対だね」

と答えた。

「庶民の日常生活の、細々としたあれやこれや。その起伏のつながりのなかに人生があって。電車の踏切のすぐ近くにあるラーメン屋の二階に独身の男性が間借りしてて。彼は煙草を吸おうとするけど、一本もないことに気づいたり」

「いまの私たちだって、そのまま庶民のあれやこれやでしょう」

「そうかな」

「そうよ」

と、美佐子は笑いながら言った。

「私鉄の沿線の商店街で男と女がばったり会って。女は地元のバーのホステスで、男はコミックス作家にストーリーを提供してる人で。ふたりは喫茶店に入ってコーヒーを飲んで」

「さて、そこからどうするか」

と言った西条は、

「どうするもこうするもないか」

と言い換えた。

「どういう意味？」

「日常はそのまま続いていく。そのなかで、ふたりがどうするかが、問題だ」

「そうね。そこを、あなたが考えるのね」

「明日が締切りだ」

「これからそのストーリーを考えるの？」

「そうだよ」

「サングラスでトレンチ・コートの襟を立てた怖い顔した男の人が拳銃を撃つ場面では、ドスッ、ドスッ、という擬音が大きな汚い字で斜めに書いてあったのを、覚えてるわ」

「その音は、消音器を使ったピストルの音だね」

「そう言えば、銃身の長い、恐ろしい拳銃だったわ」

コーヒーの時間はやがて終わった。ふたりは店を出た。おもての商店街まで歩いてから、

「時間は？」

と美佐子は訊いた。

「暇だよ」

美佐子は笑顔になった。

「いいわね。暇だよ、と即座に言えるなんて」

商店街に出たところでふたりは立ち話をした。

「さっきも言ったとおり、コミックスのストーリーを一回分、僕は考える。どこかの喫茶店の椅子にひとりすわり、コーヒーを飲みながら。そして自宅に帰って、原稿用紙にまとめる。明日はそれをコミックスの作家に見せる」

「長いストーリーなの?」

「今度は増刊だから二十八ページだ」

「かなりあるわね」

という美佐子の言葉に西条はうなずいた。

「かなりある。工夫しないといけない」

美佐子は腕時計を見た。

「まだこの明るさだけど、五時を過ぎたのよ。夕食にしましょうか。早過ぎる?」

西条は首を振った。

「けっして」

「カレーライス」

「いいね」

「知ってるお店があるのよ。迷路のなかの小さなお店。でも、おいしいのよ」

美佐子はその店の名を言った。

「知らない」

「案内するわ」

オート三輪が走り抜けていくのを待って、ふたりは道を渡った。

駅から離れる方向へ少しだけいくと、手前の路地から次の路地までをふさいでいる、木造平屋建ての建物があった。広がりのある平らな屋根を数多くの柱が支え、その下に何軒もの商店が接し合ってならんでいた。店どうしの仕切りはほとんどなく、店ごとのその周囲や前に、さまざまな商品が雑然と置かれていた。ひとつの建物のなかに何軒もの店を集めたマーケットだった。

建物の中央にコンクリートの通路がまっすぐにあり、その通路はまんなかで直線の通路と直角に交差していた。店を見ながらふたりは通路を奥へ歩いた。合鍵の店、手相を観る店、囲碁の店、質屋、喫茶店、そして飲み屋が数軒続き、バーの隣はおでん種の店だった。立ちどまって眺めた美佐子は、大根と卵そして銀杏が好きだと言い、秋になるまでにはこの地元におでんの店を見つけておきたい、とつけ加えた。

美佐子の横顔を西条は見た。コミックスのひと齣《こま》に、主人公を務める女性の、横顔のアップがあってもいいではないか、と彼は思った。作家に提案したなら、あの作家はなんと言うか。横顔だけではなく、肩から腕へ、そしていったん背中にまわって、胴へと視線は降りていき、腰を描かずにはおかないだろう。両脚のふくらはぎ、そして細いヒールのある赤いサンダル。横顔のアップからサンダルのヒールまで、齣はフィルムのカットのようにつながっていくはずだ。

おでん種の店の隣がカレーライスの店だった。営業中、と毛筆で書いた木札が引き戸の上から下がっていた。カウンターが七席だけの店だった。カウンターの奥から順に、すでに三人の男性がカレーライスを食べていた。西条が四つ目のストゥールに、そしてその右隣に美佐子がすわった。

「いらっしゃい」

と店主が彼女に言った。彼女がなじみの客であることが、店主の口調にあらわれていた。

カツカレーが人気なのだと美佐子が言い、ふたりはそれを注文した。

「それから、らっきょうの小皿をひとつ」

と店主が言い、美佐子は笑顔でうなずいた。

「僕が自分で漬けてるらっきょうです」

と、店主は西条に言った。水のグラスふたつを、高くなったカウンターとの仕切りを越えて、美佐子が店主から受け取り、ひとつを西条の手もとに置いた。ストゥールに端正にすわり直し、西条の水のグラスを指さし、

「水道の水」

と美佐子は言った。

これも使える、と西条は反射的に思った。水の入っているごく平凡なグラスを、白くてか

たちのいい指が示して、水道の水、という言葉が吹き出しのなかに入る。コミックスの作家に伝えたい。

店の引き戸が開き、四十代の男性がひとり、入って来た。美佐子の右隣のストゥールにすわり、

「いつものやつ」

と、店主に言った。

「いつものは、深川茄子だっけ、それとも蛤の姿揚げ？」

笑いながら店主が訊き返した。

「どっちだっけなあ」

と答えた男に、

「忙しいの？」

と店主は訊いた。

「暇なし」

「ということは、貧乏なの？」

「貧乏もいいとこ」

「うちの代金は払ってね」

「ポケットのなかの小銭をかき集めれば、ここの支払いくらいにはなるよ」

と男は笑った。

三人のカツカレーが同時に出来た。美佐子がストゥールを立ち、右隣の男のカツカレーから順番に店主から受け取り、カウンターに置いた。

「これは、これは。給仕までしてもらって」

「今日はいい日だね」

「今日も元気だ、カツカレーがうまい。そのあとの煙草も」

最初のひと口を口に入れた西条は、

「これからは僕もここへ来る」

と美佐子に言った。そして美佐子は、

「常連になると言ってます」

と、西条を示して店主に言った。

「それはありがたい」

やや薄い、きわめて軽く揚げたカツは、スプーンの縁《へり》でたやすく切り分けることが出来た。スプーンの上にあるそれにカレーを存分にまぶして口に入れ、咀嚼して飲み下したすぐあとに、ご飯をスプーンで口へ運ぶ、という食べかたを西条は楽しんだ。夢中で食べて三人は同時に終わった。美佐子がスプーンを置くと、右隣の男は上着の内ポケットから煙草を取り出し、一本を抜いて唇にくわえた。素晴らしいタイミングで美佐子がマッチの火をつけ、その小さな炎を掌で囲うように、右隣の男に差し出した。財布のなかに美佐子はマッチの小箱を持っていたのだ、と西条は思った。

煙草を唇にくわえた顔を、男は美佐子の指先にあるマッチの炎に向けて、傾けた。煙を吸い込み、天井に顔を向け、最初の煙を細く長く、吐き出した。そして次のように言った。

「十五のときから煙草を吸い始めて三十年になるよ。こんな美人に火をつけてもらったのは、しかし、今日が初めてだ」

そう言って男は西条にほんの一瞬の視線を向け、財布を取り出して代金を支払った。カウンターごしにそれを店主に手渡し、

「ちょうどに」

と店主は言った。

ストゥールを降りた男は引き戸を開けて店の外に出た。引き戸を閉じるとき、美佐子にごく軽く会釈をした。

西条と美佐子もストゥールを降りた。西条が出した代金に自分のを加え、彼女が店主に支払った。三人連れの男性客とすれ違いに、ふたりは店を出た。マーケットのなかの濡れた通路を歩き、おもての商店街へ出た。立ちどまった西条は、

「また来るよ。ここにこんな店があるとは、知らなかった」

と美佐子に言った。

美佐子はマッチの小箱を彼に差し出した。いまのカレーライスの店のマッチだった。受け取った西条はそれをジャケットのポケットに入れた。

「じつにおいしかった」

「よかったわ」

「ふたたびコーヒーかな?」

「コーヒーが好きなの?」

「カレーライスを食べたあとには、コーヒーを飲みたくなる」

西条のひと言を受けとめた美佐子は、

「そんな気もするわね」

と微笑した。

「私の知ってるお店でいい?」

「どこでも」

商店街のある道を駅に向けて歩き、最初の路地を左に入った。そしてすぐ左側に、小さなドアの平屋の建物が一軒あった。ドアの前に立ちどまった美佐子は、ドアの左脇の壁にとりつけた木製の看板を指さした。

その看板には、店の名の下に、次の文章が横書きされていた。西条はそれを読んだ。「ここは珈琲の店です。バーではありません。お酒は置いてません」

「以前はバーだったのよ。居抜きで買って、内装はバーのまま、いまはコーヒーのお店」

そう言って美佐子はドアを開いた。ふたりは店のなかに入った。右側には突き当たりまでカウンターがあり、通路をはさんで左側は、壁に沿ったテーブル席だった。カウンターのなかに中年の女性がストゥールにすわっていた。

「あら、いらっしゃい」

と、彼女は美佐子に笑顔を向けた。

四十代の男性ふたりの客が店に入って来た。

「ここは以前はバーだったんだよ。俺は通ったよ」

と、ひとりが言った。

「内装はバーのときとおなじだから、バーのつもりでカウンターに陣取って、コーヒーを飲もう」

彼らふたりはカウンターのまんなかでストゥールにならんですわった。美佐子と西条は、かたわらに窓のある壁に沿ったテーブル席で向き合った。

「いつものコーヒーでいい?」

カウンターのなかから中年の女性が美佐子に訊いた。美佐子はうなずいた。そして西条に向きなおり、

「いつものコーヒーは、ブルーマウンテン」

と言った。

やがてふたりのコーヒーが出来た。美佐子が椅子を立ち、カウンターまで取りにいった。西条は彼女の足もとを見ていた。細いヒールのある赤いサンダルと足とが、美しくひとつになっていた。滑らかな軽さのなかで的確にヒールが位置をきめる動きを、コミックスの連続する齣のなかに取り入れることは可能だろうか、と彼は考えた。いまとおなじような場面ならいいのではないか、と彼は思った。主人公の女性がカウンターのある喫茶店で、男性とテーブル席で向き合っている。彼らのコーヒーがカウンターの上に出来る。女性が立ち上がり、そのコーヒーをテーブルまで運ぶ。その動きを描写する齣に、彼女の足もとの齣がいくつか、巧みに連続するといい。このこともコミックス作家に伝えなくてはいけない、と彼は思った。

椅子にすわりなおしてコーヒーを飲み、

「ほんとだわ」

と美佐子は言った。

「カレーライスのあとはコーヒーなのね」

「ここも僕は知らなかった」

と西条は言った。

「あの店でカレーライスを食べたあと、まっすぐにここへ来ればいいんだ」

ふたりはコーヒーを飲んだ。

「両親が岐阜でしゃぶしゃぶの店を経営してるのよ」

と美佐子は言った。

「そこへ帰れば、きみは看板娘なのか」

「まっぴらよ。いまは母が少しうしろに下がって、姉が若女将をやってるわ。それで充分でしょう」

カウンターの男たちが先に店を出た。美佐子と西条が続いた。それぞれに代金を支払い、店主の女性は美佐子に顔を向け、

「あとで寄ってちょうだい。頼みたい話があるのよ。出来れば、お店へ出る前に」

と言った。

「すぐに戻って来ます」

と美佐子は即答した。

ふたりは店を出た。おもての商店街へ出た。左の角は米穀店で、店の間口のまんなかに、小さく煙草の店が造ってあった。代金や煙草をやりとりする半円形の穴のある窓の向こうに、年配の女性が椅子にすわっていた。

西条はそこで煙草をひと箱、買った。フィルターのついた二十本入りだった。代金を払っておつりをチーノのポケットに入れ、彼は煙草のパッケージを開いた。煙草を一本引き抜いて唇にくわえ、マッチをつけようとする美佐子を制した。

「くわえてるだけだから」

という西条の言葉に美佐子は微笑した。たいへんな美人のこのような微笑を、コミックスの齣のなかに描くことは可能だろうか、と西条は思った。微笑する女性をいくつかの齣に連続してとらえ、彼女の心情を余白に書いていく。コミックス作家に提案してみる価値はあるだろう、と彼は思った。

「また会える？」

と美佐子が言い、

「店へいくよ」

と西条は答えた。くわえたままの煙草の先端が、短いひと言に合わせて上下した。美佐子は財布からマッチの小箱を取り出し、西条に差し出した。受け取った西条は、ジャケットの胸ポケットから、半分ほどになっている鉛筆を取り出し、金属製のキャップをはずした。カレーライスの店のマッチの小箱に、自分の電話番号を書いた。マッチの小箱を美佐子に返し、

「電話ならお昼過ぎの時間に受けたい」

と言い、キャップをはめなおした鉛筆をジャケットの胸ポケットに戻した。

「私はさっきのコーヒーのお店へ戻ります。お話があるそうなので」

ふたりはそこで別れた。

ひとりになった西条は、商店街を歩きながら、頭のなかで喫茶店を選んだ。選んだ店まで

足早に歩き、店に入り、落ち着くことの出来る席を選んだ。水のグラスを持って来たウェイトレスに、

「いちばん普通のコーヒーをください」

と彼は言った。

「ホットですか？」

と訊き返された。

そのコーヒーがテーブルに届く前から、彼は考え始めた。明日が締切りの、一編のコミックスのストーリーだ。ありふれた生活。なにげない時間。庶民の日常のなかを、さしたる起伏なしに流れていく時間。その時間のなかにこそ、物語がある。

物語とは、なになのか。主人公の彼女が男性とふたりで部屋にいるとき、電話の呼出しベルが鳴る。立ち上がって電話まで歩いていく彼女の、短いスカートに対するふくらはぎの筋肉の動き。それを見ている彼。物語の始まりは、そんなところにあるのか。

考えていく西条は、野田編集長がいつも言っていることを、思い起こした。コミックスの主人公は女性だ。彼女のしどけない半裸の姿を、いつもいろんなふうに作家は描くけれど、けっして彼女をおとしめてはいない、と野田さんは常に言っていた。

彼女はいまの自分の毎日という日常を生きている。ふと気づくと、その日常は、きわめてあやふやで、まったく頼りない。この先はどうなるのか。これまでの日々のなかで自分はな

にをしてきたのか。考えれば考えるほど、現在というものは、ぐらついていく。ここをはずさないでくれ、と野田さんは熱心に言った。

コミックスのなかに登場するのは、彼女ひとりではない。いろんな人たちが必要に応じて齣のなかにあらわれるが、常にそこにいるのは、彼というひとりの相手だ。生きている自分の目の前にいて、彼もまた生きているのだから、彼が生きて存在していることは確かなことだ。そしてその確かさは自分にとってただひとつ確かなこと、つまりいま自分もここにいる、という事実と均衡する。

しかし、その彼も、これまでなにをしてきたのか、これからどこへ向かうのか、といった視点でとらえなおすと、なにひとつ確かではない。そしてそのことは自分とまったくおなじだ。彼の不確かさや不安定さは、彼と親しくなればなるほど、より多くの襞《ひだ》のなかで、彼女は自分自身のものとして痛感する。だからこそ、彼とは、きめ細かく親しくなりたい、と彼女は願う。相手の存在によって、より鮮明になっていく自分の不確かな現状が、ひときわ愛しい。

コミックスの齣のなかにあらわれ、すぐに裸や半裸の姿になる彼女は、じつはこのような人なのだ、と野田さんは熱を込めて語った。コーヒーをまたひと口だけ飲み、西条は考える作業を続けた。

西条がストーリーを手書きの原稿で提供しているコミックス作家は、女性を描くのが巧みだ。画面を作るときの視点の取りかたには、意表をつく斬新さがあった。ことのほか好む裸ないしは半裸の肢体が、いくつか連続する齣のなかで、常に魅力的に描き出された。

初めての打ち合わせの席で、自分の原稿に対するコミックス作家の反応を、西条は思い出した。アパートの部屋で主人公の女性が電話を受ける場面が、西条の原稿のなかにあった。裸にしていきましょう、とコミックス作家は言った。電話で喋りながら彼女は服を脱いでいくのだ。最後は下着姿になるまでの時間の経過がいくつかの齣になると同時に、ひとつひとつの齣のなかに、服を脱いでいく女性の体が描かれる。あらわになっていく彼女の体は読者にとっての楽しみであり、このコミックスは人気投票では二位あるいは三位であり、それ以下に落ちることはなかった。

これから自分がストーリーを作るコミックスの、最後の齣は彼女のアパートの部屋の場面にしよう、と西条は思った。部屋で飲むときはインスタントなのよ、という美佐子の言葉を彼は思い出したからだ。横幅はページいっぱいの広がりのなかに、縦幅は三分の一ほどだろうか。現実感を豊かに描いた部屋のなかで、主人公の彼女は、スリップ一枚というような半裸で大きく横ずわりして、ちゃぶ台がわりの小さなすわりテーブルに、よりかかっている。その全身をコミックス作家は魅力的に描く。彼女はインスタント・コーヒーを飲んでいる。余白には生砂糖について端的に語る短い文章を入れる。

この最後の齣を気に入った西条は、今度のコミックスはぜんたいで二十八ページだということについて、考えた。一編のなかで三回は彼女の半裸ないしは裸の姿を見たい、と野田さんは言っていた。二十八ページの場合だと、九ページごとに彼女は裸、ということになる。九ページでは間があきすぎるのではないか、と西条は判断した。七ページごとにしよう。七ページごとに彼女は半裸ないしは裸になる、という展開であり、そこに流れる時間は庶民の日常生活のそれであり、そこに劇的なことはなにひとつない。

彼女が服を買う場面で始まるのはどうか、と西条は考えた。季節はいまとおなじ五月だ。百貨店の女性服売り場で、彼女は試着室のなかにいる。下着姿にならざるを得ない。だから彼女はそうなる。試着室のなかは狭い。正面には壁いっぱいに鏡がある。この状況にはコミックス作家は喜ぶだろう。

百貨店の女性服売り場の試着室のなかで下着姿になっている彼女。ここから始めよう、と西条はきめた。そして最後の齣は横長で、夜のアパートの部屋で横ずわりしてインスタント・コーヒーを飲んでいる彼女の姿だ。そのあいだを庶民の一日でつなげばいい。

気に入った服を買ったあと、彼女は電車で地元へ帰る。アパートの部屋に戻る。彼女はシャワーを浴びる。ここでも彼女は裸になる。コミックス作家は独特な工夫をこらすのではないか。

シャワーのあと、彼女は半裸で化粧する。遅い昼食を、おそらく半裸の姿で作り、ひとりで食べる。そのあと服を着る。ホステスをしているバーに勤めに出るための服だ。そこでも、半裸から始まって、美しく出来上がっていく彼女を、描くことが出来る。

夜のバーとそこでの時間が、何人もの客を相手にする彼女の時間として、描かれていく。あと小一時間ほどで閉店という時間に、彼がひとりで店へ来る。待ち合わせの場所はいつものところ、と彼女は彼に伝える。彼が先に店を出て、待ち合わせの場所で彼女を待つ。やがて彼女がそこへ来る。ふたりで彼女の部屋へいく。

午後に百貨店で買った服を彼女は着てみせる。ここでも彼女は下着姿になるではないか。その服に対する感想を彼が述べる。彼女は喜ぶ。彼女は湯を沸かす。インスタント・コーヒーをいれて、ふたりで飲む。生砂糖をスプーンで入れて、かき混ぜる。スリップ一枚でゆったりと横ずわりしている彼女の姿が、横幅いっぱいの齣に描かれる。いっしょに部屋へ来る男性は、いまつきあっている人、という位置にいるのだろう。

部屋ではインスタント・コーヒーなのよ、という題名はどうか。編集長の希望によって、変更されることは充分にあり得る。しかしいまは、ストーリーを西条が作るにあたって、すべての要素が乗っかる土台としての、題名だ。

それから一週間後、先週とまったくおなじような晴天の、平日の午後遅く、西条昭彦は駅の改札から商店街のある道へと出て来た。踏切とは反対の方向へと歩いた。黒い木綿のジャケットの左のパッチ・ポケットから、煙草のパッケージを取り出した。先週、この商店街の煙草店で買ったものだ。一本を抜き出して唇にくわえ、パッケージはジャケットのポケットに戻した。

くわえ煙草で西条は歩いていった。商店のガラス窓に映る自分をふと見ると、それはまさにいまの自分であると同時に、くわえている煙草が、そこだけ際立たせたかのように、白かった。

大きくて平たい屋根を何本もの柱で支えた木造の建物の、まんなかの通路を西条は奥へ歩いた。おでん種の店では何人かの女性たちが品定めをしていた。その隣のカレーライスの店の引き戸には、営業中、と書いた木札が下がっていた。引き戸を開いて西条は店に入った。いらっしゃいませ、という若い女性の声を受けとめながら、カウンターの席は手前の三つが空いていることを、西条は認識した。そして声の主は藤代美佐子であることに、彼は気づいた。白いポロシャツの彼女は髪をうしろで束ねていた。

「ここなのか」

と西条は言った。ここにいるのか、と言いたかった自分を確認するかのように、手前から三つ目のストゥールにすわった。

「三日目です、ご贔屓に」

と言った美佐子に、

「少なからず驚く」

と、西条は言った。

「のちほど」

と言った美佐子は、電話をかけるしぐさをしてみせた。うなずく他ない、と西条は判断した。だからそうした。

くわえていた煙草をジャケットのポケットに入れ、カツカレーとらっきょうの小皿を注文した。らっきょうはすぐに出て来た。それを見た左隣の四十代の男性が、

「俺もらっきょうを食いたい」

と言った。

「うまいですよ」

「見た様子が、うまそうだよね」

と言い、男はらっきょうを注文した。その小皿もすぐにカウンターに出た。ふたりの男性たちは、それぞれに爪楊枝でらっきょうを突き刺しては、口に入れた。カツカレーはほぼ同時に出来た。味はおなじだ、と西条は思った。左隣の男性が、西条とカウンターのなかの美佐子に、半々に言った。

「味は変わらないんだよ。カウンターのなかにいるのは、いつものおっさんではなく、こんな美人なのに、味はおなじなんだ。味が変わるのは、嫌だからね」

美佐子が彼に顔を向けた。

「気をつけてます」

と彼女は言った。

男の手もとには水のグラスがあり、カツカレーをすくっては口に運んでいるスプーンを、彼はときたまその水のなかにつけていた。彼がスプーンを差し込むたびに、グラスのなかの水は黄色さを増した。

そのグラスの隣には灰皿があり、短くなるまで吸ったフィルターつきの煙草が一本、ひねって消してあった。灰皿の向こうには、空になった煙草のパッケージが、握りつぶされて転がっていた。食べ終わった最後に、男はグラスのなかにスプーンを入れ、洗うかのように水をかきまわした。そしてそのスプーンをカツカレーの皿に横たえた。

西条はジャケットのポケットから煙草のパッケージを取り出し、男に差し出した。

「おっと、これは、有り難い」

と男は言った。

「最後の一本をさっき吸ったんだよ。これは買ったばかりで、ぎっちりあるね。二、三本、もらっていい?」

男はパッケージを手に取り、四本を抜き出して一本をくわえ、残った三本をポケットに入れ、その手でライターを取り出して煙草に火をつけた。

「なんと言ったって」

と言いながら男はストゥールを降り、美佐子に代金を支払い、西条に軽く会釈して引き戸の外に出た。戸を閉じるとき、男の顔の両側に、吐き出した煙草の煙が流れた。

西条もカツカレーとらっきょうの代金を美佐子に支払った。マッチの小箱をひとつ差し出した彼女は、

「のちほど」

と、もう一度、言った。

うなずいた西条はマッチを受け取り、引き戸を開いて店を出た。おもての商店街までいき、かたわらに寄って立ちどまり、のちほど、とはいつのことか、と思った。売り切れ御免です、どうかよろしく、午後の八時前後ですが、日によって違います、と書いた紙が店の引き戸の脇に押しピンで留めてあった。早くて夜の九時過ぎか。

ひとりで住んでいる小さな家の電話番号は、マッチの小箱に鉛筆で書き、先週に美佐子に渡した。美佐子から電話がかかって来る時間には、自宅に帰っていなければならない。そう思って西条は、ジャケットのポケットの底に一本だけの煙草をさぐりあて、取り出して唇にくわえた。彼は駅に向かって歩き始めた。

歩き始めてすぐに、西条とならんで歩いていた三十代の男性が、ふと西条に体を寄せ、次のように言った。

「さっきから見てるけど、その煙草はくわえたまま、火はつけないね。吸わないのなら俺にくれないか」

ジャケットのポケットから煙草のパッケージを取り出した西条は、それを男に差し出した。

「脅かして煙草を巻き上げるつもりじゃ、ないんだよ」

と言いながら男は、手を出して煙草を受け取った。

「もらっていいの？」

「どうぞ」

「悪いね」

西条はふたたびポケットに手を入れた。マッチの小箱が指先に触れた。かたわらを歩いている男にマッチも進呈しようか、と思って西条はその思いを否定した。

「悪いね」

と男は重ねて言い、西条はくわえた煙草を指先に取り、うなずいた。

３ＬＤＫの小さな平屋建ての家に、西条は八時過ぎには戻った。実家の庭の片隅にその家はあった。敷地への入口はおなじだ。母屋に明かりが見えていた。九時前に電話の呼出しベルが鳴った。

「あなたはくわえ煙草で、私はカレーライスです」

美佐子が電話の向こうでそう言った。

「今日はかなり驚いた」

「そう言ってたわね」

「今日のカツカレーは、きみが作ったのか」

「私です」

「味は前回とまったく変わらなかった」

「先週、あなたと別れて、私はコーヒーのお店に戻ったの。話があるとママが言うから。あなたを見込んだ上での話よ、という前置きがあって、あのカレーライスの店を継がないか、と言うのよ。カレーライスの店の男性と、コーヒーの店のママとは、夫婦なんですって。男性のほうが父親の介護で四国へいくので、店を継いでくれる人を急いで探してたと言われて、その探してた人が私ですって」

「そういう展開になるのか」

「あのお店のカレーライスは、あの男性が作った味なのよ。レシピが細かくきちんとノートに書いてあって。私は高校を出たあと、料理の学校に二年通って卒業して、調理師の免状を持ってるの。閃くものがあったから、お店は私が継ぎます、と言ってから、彼らの自宅でレシピどおりにいろんなカレーライスを作ったの。三回作って、これなら大丈夫だとご主人が言ったのが、一昨日のこと。ご主人は昨日、四国へ向かったわ。お前はここを離れるな、俺が呼ぶまでここにいろ、と奥さんは厳命されてるから、そのとおりにするのですって。これまでどおり、あのコーヒーの店を営んで。ご夫婦で住んでた家にいまは奥さんがひとりきりだから、私が二階に間借りすることになったの。二階に間借りだなんて、庶民生活の王道よ」

美佐子はあらましの説明を終えた。

「驚いた」

「たいしたことではないのよ」

「とはいえ」

「カツカレーを食べに来て」

「いくよ」

という返事しかなかった。そこに西条は、

「明日も」

とつけ加えた。

# 青林檎ひとつの円周率

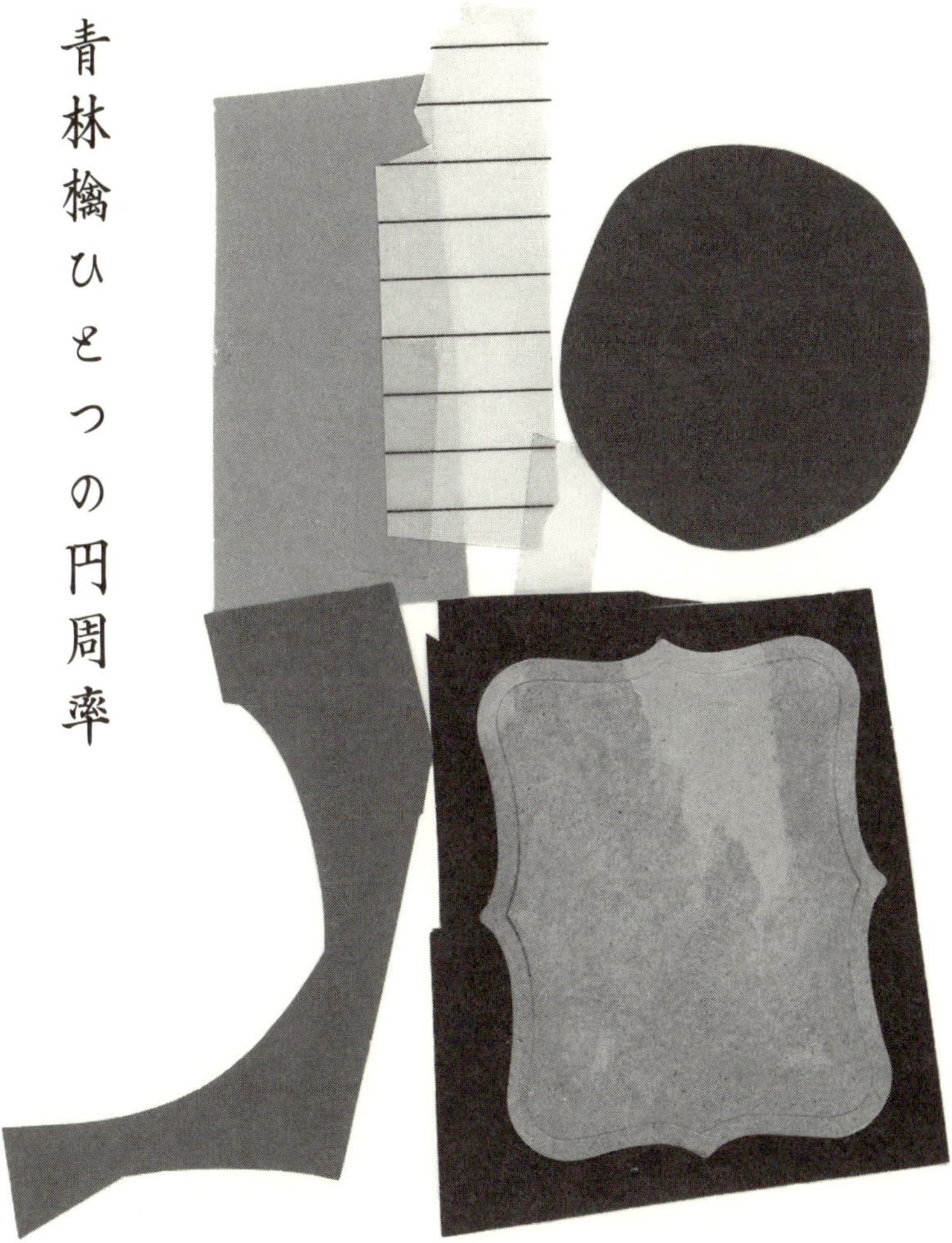

洗面室とその奥にある浴室はひとつのドアで出入りすることが出来た。そのドアを出て左側は壁で、ドアから一メートルほどのところから壁のおしまいまで、奥行きが六十センチほどの長いテーブルが、一見したところ作りつけのように、壁と接していた。そのテーブルの、ドア側の端に、固定電話が置いてあった。呼出し音が鳴り始めた。

西野美樹《にしのみき》が洗面室から出て来た。彼女は完全な裸だった。左手に手拭いを持っていた。半分にたたんで無造作に持ったその手拭いの、生地の感触は新品のそれだった。壁に接した長いテーブルの端に立ち、彼女は固定電話の受話器を取った。反対側の壁には縦長に鏡があった。裸の自分の全身がその鏡に映っていることを感じながら、彼女は受話器を耳に当てた。

電話をしてきたのは佐和田博《さわだひろし》だった。

「ホテルの部屋にきみを誘おうと思った」

と彼は言った。

「いつでも」

美樹は答えた。そして、

「喜んで」

とつけ加えてみた。

「部屋を予約した。部屋の番号がわかっている」

「教えて」

電話の向こうで佐和田が言う数字を、そしてホテルの名前を、彼女はメモ・パッドに鉛筆で書きとめた。黄色いプラスティックのシャープペンシルをメモ・パッドの上に斜めに横たえ、彼女は向かい側の壁の鏡を見た。裸の自分が右手で受話器を耳に当て、至近距離で自分と向き合っていた。

「私はいま鏡のなかにいます」

と彼女は言い、三十四歳で独身の自分の裸身を観察した。

「意外にいいだろう」

と彼が言った。

「なにが?」

「鏡のなかのきみ」

「裸よ。まっ裸」

そう答えて美樹は笑った。

「笑うほどに裸。洗面室にいたから。風呂に入ろうと思って。友人がなにかのおみやげにくれた手拭いを思い出し、洗面室に持って入ったのよ。矢絣《やがすり》の模様がいちめんに規則的にならんでいて、白地にきれいな紫なの。友人がそれを私にくれたとき、よく似合いそう、と言ったのよ。そのときのその口調を思い出し、なんとなく気になったから、洗面室の鏡の前で、裸の自分の腰に巻いてみました」

「どうだった」

という彼の問いに、美樹は笑った。思いっきり、いやらしかった、と彼女は胸のなかで言った。よく似合いそう、と言った友人は、まず間違いなくこのような似合いかたを想像していたのだ、と彼女は洗面室でついさきほど、思った。

「長さは充分なので、腰の脇で両端を結ぶことが出来ました」

「そこへ僕は電話をかけたのか」

「腰から手拭いを取ったところで。手拭いとは、なにに使うものなの？」

「文字どおりだろう。手を拭うんだ。腰に手拭い、と言うじゃないか。もう言わないか」

「野良仕事のとき首に巻いてますね。しかし、あれは白い手拭いだわ。これは、きれいな紫色の矢絣よ」

「大事にするといい」

「首に巻こうかしら」

そう言って彼女は鏡のなかの自分を見た。

「三十四歳の裸の女性の、いやらしい体が、姿見のなかにあります。自分でも、これはいやらしい、と思うほどです。性的ですよ」

「当然だろう」

「どこからどこまで。あらゆるところが。ふとした曲線が。あらゆる曲面が」

彼女はテーブルの端にしゃがんだ。斜めうしろを振り向くとそこに鏡があり、しゃがんでいる裸の自分を彼女は見た。

「いま、しゃがんでみたのです。全裸の自分が、斜めうしろから、鏡のなかに見えてます」

「近代日本の写実派の絵画のようだろう」

「ここまであからさまにいやらしくはないでしょう。近代ならもっと健全よ」

美樹は立ち上がった。左手に持っていた手拭いをテーブルに置き、電話機の向こうにあったひとつの青林檎を手に取った。

「いまは青い林檎をひとつ、手に持ってます。林檎を持つヌード。この林檎は、今日、買いました。グラニー・スミスという品種です。取材相手の作家との待ち合わせが、駅を出てすぐの建物の二階のカフェで、一階はスーパーマーケットなのよ。閃くものがあったので、果物売り場へいってみたら、ありました。東京でグラニー・スミスが買えるのは、珍しいことなのよ」

「それはよかった」

「六百九十八円。計ってみたら、周囲が二百八十ミリで、直径が八十五ミリ、高さが七十五ミリでした」

「いいプロポーションだ」

「青い林檎が大好き。なぜだか。季節になると、毎年、通販でひと箱、買います。今年も買うわ。まっ裸で青林檎をひとつ持った女。壁の鏡のなかにいます。彼女はなぜだか電話をしてるのよ」

電話の向こうで彼は笑った。そして次のように言った。

「その日の僕は午後には部屋にチェックインして、仕事をしてる。文化部のあのデスクの端に積み重なったままの、さまざまな紙類をトート・バッグに詰めて持っていき、かたっぱしから処理しなくてはいけない。コーヒーをポットで注文して」

「冷えたコーヒーを注ぎ足しながら」

「そうだね」

「シャツの袖はまくるの？」

「そうしようか」

メモ・パッドに自分が鉛筆で書いた、ホテルの名前と部屋の番号を、彼女は彼に確認した。

「そして、どうしようか」

と彼は訊いた。

「なにを？」

「僕たちの夕食」

「そうね」

「ふと思いついたのは、ルーム・サーヴィスだった。ハヤシ・ライスではなくて、しかし良く似た濃い褐色の」

「ビーフ・ストロガノフ」

「それだ」

「いいわね。六時には、いきます」

「待ってる」

「お給仕しますよ。かいがいしく」

微笑してそう言い、電話は終わった。彼女は鏡のなかの自分を見た。持っている一個のグラニー・スミスをほうり上げ、落ちて来るそれを右手でとらえる様子を、鏡のなかに見た。いまの彼に対して語り足らなかったことについて、彼女は思った。

指を広げて一個のグラニー・スミスを持つ。それはそのとき掌のなかにある。自分の指の広がりかた、あるいは指や掌で感じるその林檎の、球体というかたちの凝縮した張りは、そのままその林檎の円周ではないか、直径ではないか。そしてその林檎の内部に向けて充実しきった質感の感触を、どのような言葉にすればいいものか。

彼が予約したホテルの部屋にはベッドがふたつあった。そのうちのひとつをふたりで使った。使いかたの様子がそのままそのベッドに残っていた。もうひとつのベッドには、それぞれに脱いだふたりの衣服が、充分にしどけない様子で、ほうり出してあった。

使ったほうのベッドを佐和田博が見ていた。霜降りのTシャツに褐色のボクサー・パンツの彼は裸足だった。ナイト・テーブルの照明は片方だけが灯っていた。西野美樹が浴室から出て来た。部屋の浴衣を着ていた。髪をすべてひとまとめにし、後頭部から上へまわし、大きなバレッタで留めていた。

「浴室の明かりはつけたまま」

と、佐和田が言った。

「ドアも開いたまま。ちょうどそのくらい」

かたわらに立った美樹に、彼はベッドを示した。

「そちらのベッドに上がって、裸で向こうを向いて、正座してくれないか」

「裸で？」

という彼女の問いに、彼はうなずいた。

ベッドの脇へ歩いた彼女は浴衣を脱ぎ、それをなかば丸め、隣のベッドにほうり投げた。

そしてベッドに上がり、佐和田に背を向け、正座して背をのばした。上体をひねって、彼女は彼を見た。

「観察してるのね」

という彼女の言葉に、彼は笑顔になった。

「先日のきみとの電話で、あるひとつの絵画のことを思った。裸の自分についての、きみの言葉がきっかけになった。資料室に画集があったよ。日本の近代を支えた写実派の画家のひとりとして名を残した人だ。裸の女性を描いた、よく知られた絵がある。その絵のなかの女性とおなじポーズをきみにしてもらって、写真に撮ってみよう」

「正座してます」

「腰を上げていくと同時に、両足を起こしてくれないか。両方の足の裏を立ち上げる、と言うべきか」

「こんなふう?」

美樹の反応のしかたは正しいものだった。

「そう。お尻が踵から離れきってはいない状態。両足の踵からアキレス腱にかけて、お尻が軽くまだ乗っている。左足は特に、お尻の丸みのなかに踵がある。しかし、さほど深くはない」

「その加減が、きっと問題なのね」

「そう思うかい」

「描いたその画家にとって」

美樹は尻の位置を何度か修正した。

「左足はそれでいい。右足をいま少し前へ。そして、左足ほどには、起こさない。足の裏が垂直にならないように。左足にくらべると、右足の裏は明らかに斜めに」

両足と尻の関係は定まった。

「背中をのばして。右手は右の太腿のまんなかあたりに軽く置いて。左手は尻の左側に垂らす。ただし、垂らしきるのではなく、肘に角度が少しだけ残るように」

言われたとおりにした美樹は、

「視線は？」

と訊いた。

「顔を左に向けて、やや下を見る。下すぎる。もう少しだけ、上へ」

「視線をきめると、すべてがきまるのよ」

「そうなのか」

「問題なのは、視線だわ」

「よし、出来上がった。そのまま。これはひとつの驚きだよ」

「なにに驚いてるの？」

「ひとりの女性の裸、というもの。そのぜんたいが、いま、僕の目の前にある」

「私の裸よ」

「まぎれもなく」

「いやらしいだけでしょう」

「それも含めて、目の前にあるすべてが、驚きだった」

「近代の写実派の画家にとって」

「せっかくだから写真機を持って来た」

そう言って佐和田はドレッサーまで歩き、横たえてあった鞄から、デジタル・カメラを取り出した。電源をオンにしてもとの位置へ戻り、ズーム・ダイアルを操作して構図をきめた。

「いいかい。そのまま」

佐和田はシャッター・ボタンを押した。

「撮れた。これで充分だ」

彼女はベッドの縁にすわりなおした。隣のベッドの浴衣に手をのばし、それを広げて肩にはおり、袖に腕をとおした。前で合わせて紐を結びながら、佐和田が見せてくれるモニターを彼女は見た。

三年前、西野美樹が三十一歳だった年の五月なかば、彼女は仕事で大阪へ出張した。仕事は予測していたよりも早くに終わった。梅田から電車に乗り、座席にひとりすわって窓の外を眺めている、という時間を過ごしたあと、夕方の京都に着いた。自由な時間だった。それにしてはこのショルダー・バッグが、と思いながら、同時に、コーヒーを飲みたいと思いつつ、御池から寺町通を上がっていると、彼女に向けて歩いて来たのが、おなじ文化部の佐和田博だった。彼とはセクションが違うので仕事のつながりはなく、したがって彼は美樹の上司ではなかったが、姿は毎日のように見ていた。

「ここは仕事で？」

と、佐和田は平凡に訊いた。その笑顔に対して、

「大阪へいってました。いまは自由時間です」

「僕も仕事は終わった。せっかくだから今日は泊まる」

「母におみやげを送ろうと思って」

と、美樹は前方を示した。一保堂の店舗が見えていた。佐和田は振り返った。そして、

「お茶だな」

と言った。

「僕も買おう」

美樹の母親の好みはきまっていた。店に入り、出身地の広島にいまもいる母親への、宅配便の伝票を書いた。佐和田は粉茶を買った。

店を出て、

「さて」

と佐和田は言った。

「コーヒーですよ」

「まさに、そうだね」

彼は御池の方向を指さした。ふたりは御池へ歩き、道を渡って寺町通を下がった。すぐに珈琲店があった。ふたりはその店に入り、空いていた席で向き合った。

「初めてですね」

と美樹が言い、佐和田はうなずいた。

「何年になる?」

と、彼は訊いた。入社して以来、という意味だ。

「九年になります」

「ずっと文化部だね」

「そうです」

九年のあいだに組織の変更や人員の削減があったけれど、構造は基本的におなじままだった。自分たちの勤務先をめぐる、こうした平凡なやりとりが、妙に心地よかった。佐和田という九歳年上の男性が、誰にであれ相手にあたえる印象だろう、と美樹は思い、その印象を受けて自分もそうなる人なのではないか、などとも思った。コーヒーの時間はやがて終わり、ふたりは店を出た。寺町京極に向けて歩きながら、

「お腹は空いてないか」

と佐和田は訊いた。

「空いてます」

「早めの夕食にしよう」

「賛成です」

「いい店がある」

と、佐和田は前方を示した。しかしその店がどこにあるのかに関して、方向や位置は曖昧だった。これがこの男性の癖のようなものだろうか、と美樹は思った。

「四条を越え西木屋町通を少しだけ下がると、いい店がある」

「そこにしましょう」

「二階の窓ぎわの席から見えるのは、高瀬川だ。電話をしておこう」

寺町京極の入口で道の脇に寄り、携帯電話で彼は電話をかけた。電話はすぐに終わった。

「お待ちしています、と言ってくれた」

ふたりは寺町京極を四条に向けて歩いた。佐和田がさきほど言ったとおり、四条を越えて西木屋町通を少しだけ下がったところに、その店はあった。いまのものではない、木造二階

建ての民家を、美樹は好ましく思った。二人のテーブルは二階の窓辺だった。高瀬川が見えた。

料理を注文したあと、美樹は席を立ち、階段の脇までいき、そこで広島の母親に電話をかけた。母親は店にいた。

「いま京都にいます。お茶を送りました」

と、美樹は言った。

「上司ではないけれど、おなじ文化部の男性とばったり会って。いまは夕食のお店です」

という美樹の言葉に、母親は次のように言った。

「そしてそれは、あなたにとって、楽しいことなのね」

「そうです」

「それなら、いいのよ」

電話をかけている彼女の立ち姿は、それを見る人にとってはけっして小さくはない驚きだと言っていいほどに素晴らしいものだったが、見ている人はひとりもいなかった。店の女性が盆を持ってとおっただけだった。

席に戻り、世間話をしていると料理が届き始めた。食べていく途中で、

「西野さんは、今日は東京へ帰るのかい」

と、彼が訊いた。

「あなたは？」

「ひとり暮らしだから、僕は身軽なんだ。身軽と言うか、気ままと呼ぶべきか」

「お部屋は？」

「予約してある」

「ツインのお部屋だと、おっしゃらなかった？」

彼女の言葉を受けとめた一瞬、彼は思案した。そして
「ツインだとしたら？」

と、きわめて気楽に言った。

「泊めてください」

「僕は、いいよ」

私も、と美樹は言おうとした。そのかわりに、微笑した。


一年前、『日本人と林檎』という題名で、十五回の連載を西野美樹は考え、A４の紙を何枚も使って企画書にまとめ、連載の企画会議に提出した。そしてその企画は却下された。会議の終わりぎわ、三人いた部長のひとりが席を立ちながら、

「不定期の連載かなあ」

と言った。そしてそれっきりとなった。

一回分が二千四百字で、その文字数で二回分は原稿のかたちにした。『リンゴの唄』という一九四六年の一月にレコードとして発売された歌をめぐって三回あり、そのうちの最初の一回分を書いた。国民的な大ヒット、といまでも言われるその歌を歌った、並木路子《なみきみちこ》という歌手についての回だった。

並木路子は三男二女の末っ子として、一九二一年に浅草で生まれた。父親は太平洋戦争で日本軍の兵士として南方の戦場へ送り出された。三人の兄たちも、三人それぞれ、兵士として戦争の最前線へ出された。姉は嫁ぎ、母親とふたりだけで一九四五年三月十日、アメリカ軍による東京大空襲を迎えた。燃え盛る炎をくぐって隅田川まで逃げた並木は、泳げないのに川に飛び込み、溺れかけるところを危うく助けられた。母親はこの空襲で命を落とした。そして四月には、松竹少女歌劇団の一員として、中国大陸に展開していた日本軍の兵士の慰問にいき、七月に帰国して敗戦を迎えた。

「あの『リンゴの唄』のイメージじゃないね。かけ離れている。確かにこういうことは、あったのだろうけれど」

「凄惨だよね」

「きみはどう思うんだ」

と、西野美樹は訊かれた。

「あの戦争で死んだ十数万人の日本の子供たちの歌だと思います」

と彼女は答えた。

「そんな感傷をいまさら持ち出されても」

という反応があった。

「この歌手には会ったのかい」

「いいえ。二〇〇一年に亡くなられています」

「ほぼ十五年前か」

ザ・ビートルズのアップル・レコードについても、彼女は一回分の文字数で書いた。男たち全員が揃ってけちをつけた、としか言いようのない反応があった。アップルのロゴである一個の青林檎は、オーストラリア産のグラニー・スミスという品種の林檎だ。

「オーストラリアで林檎が採れるの?」

とすら言った男性がいた。

ジョージ・ハリスンは自作曲が出来てもその題名はなかなかきまらず、スタジオで録音するときには、仮の題名として、『グラニー・スミス』と呼ばれた。ジョージの発案だったという。しかしその『グラニー・スミス』は何曲にもなり、『グラニー・スミス、ナンバー・ファイヴ、テイク・スリー』などとなることがしばしばだった、というエピソードには、

「狙ってるよね。わざとらしい」

と、美樹の面前で言った男性がいた。

「ビートルズを出せばそれでいい、というものではないのだし」

「それに、アップルの宣伝でもないよ」

と、男たちは笑った。

「それから『リンゴ追分』がないね」

美空《みそら》ひばりが歌った歌で、レコードが発売されたのは一九五二年の五月だった。

「外国の歌はたくさん扱われてる」

『林檎の樹の下で』という歌と、『林檎の樹の下に私以外の誰かとすわらないで』というふたつの歌を西野美樹はとりあげた。どちらも広く知られた歌だ。戦争が社会のあらゆるところに、そして生活のすべての局面にもたらす大きな変化について、美樹は書いた。

姫林檎を中心にして、日本における林檎の栽培から収穫そして販売まで、取材出来ることすべてを取材したレポートを、A４の紙七枚に概要としてまとめた。林檎の頬っぺ、という言葉の医学的な意味、死語になるまでの時間の背後にある生活の変化、についての概要もあった。小説のなかに登場する林檎について、そして詩のなかにある林檎をへて、食べる林檎が彼女の企画の最後にあった。日本におけるアップルはパイとジュースのみであり、そのどちらとも結びついていない、単独のアップルはまだ日本語ではない、という考察は社会学者たちがおこなった。

西野美樹が愛読しているサンドイッチの本の著者には、サンドイッチにおける林檎の可能性について語ってもらった。薄く切った林檎にハムとチーズの三種類をトーストしたパンにはさんでよく押さえれば、それだけで充分においしいはずだ、とその人は言った。

「ただしいまの日本ではハムが問題だね。手近で購入出来るものはすべて、食品として売るのは犯罪のようなものばかりだから」

とその人は言い、企画書のいちばん最後に美樹が添えたのは、おなじその人による次のような意見だった。

「欲張りであることはいいことだと思うけど、おなじ代金を支払うなら、林檎は出来るだけ大きなほうがいいのだし、可能なかぎり赤いのが望ましい、ということになるのかなあ。林檎一個の精神のありかたの問題になってくるよね」

後日、佐和田博から西野美樹のPCに次のようなメールがあった。

「連載企画の会議のことは聞きました。かつてはこの新聞社の出版部だったところが、いまは完全な別会社になっていて、そこにぼくと大学がおなじ高原《たかはら》という同期がいて、信頼していい男なのです。『日本人と林檎』について彼に語ったら、題名を聞いたとたんの反応が、それいいよ、というものでしたので、企画書のコピーを彼宛てに送ってください。文章にした二回分も添えて」

言われたとおりにしたら、すぐにメールで反応があった。

「たいへん良いです。本にする、という方針を共有してください。文章になっている二回分は、想定された連載の枠に収めるために、窮屈さを感じたのであれば、連載の枠などもうないのですから、存分に書き加えてください。佐和田をまじえて、ごく軽く一杯でも」

大学を卒業すると同時に美樹がこの新聞社に入社して十一年になる。異動することなく、おなじ文化部で仕事を続けて来た。新聞社のことをまったく知らない友人に、文化部について説明するとき、政治と経済そして社会面以外のすべて、と美樹が言うと、大変ねえ、と同情されることが多い。

この十一年を振り返ると、文化部のなかにおける自分の役割としての位置は、遊軍的だったかな、という思いがなくもない。しかし小説の紹介に関しては彼女の専門のようになっていて、その延長として、なんらかの話題で作家にインタヴューすることが多く、親しい作家の数はかなりになっていた。

自分はいずれ独立してフリーランスで文章を書く人になる、という考えが彼女のなかに生まれてきたのは、数多い作家たちとの、インタヴューをとおしたつきあいのなかからのものだ。そして自分がひとりで文章を書くなら、それは小説がいちばんいいという結論を持つにいたった出来事に関しては、それはこのときのここでのこと、と指先で示すことが出来た。

もっとも最近では、『作家と筆記具』という連載のために美樹が取材班に加わったとき、最初にインタヴューした作家は、佐和田よりいくつか年上の男性だった。彼を美樹がインタヴューするのはすでに何度目かであり、ふたりはそれに比例した親しさのなかにあった。その作家から、ある日の午後、文化部に電話があった。

「夕食への誘いです」

と彼は言っていた。

「僕の先輩に高名な写真家がいるから、ぜひ紹介したい。ただそれだけ。他に思惑はなにもないです」

日時の候補を彼はいくつかあげた。そのなかのひとつを美樹は選んだ。

「その日でしたら」

「僕はいい。先輩もいいはずだ。きめておこう」

当日、銀座の洋食店で三人は落ち合った。作家と写真家のふたりは、その店をパーラと呼んでいた。店のロビーで美樹はその写真家に引き合わされた。

「美人だね」

というのが、写真家の最初のひと言だった。

「さっそく撮りますか」

「裸になってもらって、花束を持たせて？」

と、写真家は後輩の作家に言った。

「それでは、ありきたりのヌードだよ。まったく新しい撮りかたを工夫しないと」

自分が鋭く観察されていることを、美樹は感じた。その観察に、ある程度までは合格した、という手応えがあった。

夕食の席は作家と写真家による談論風発で、過ぎ去るのは早かった。コーヒーとデザートを終わって、

「さて」

と作家が言った。

「これからだと、少し早いかな」

「そんなことはない。ちょうどいいよ」

「女性連れだし」

「本物のね」

ふたりは笑い、作家が美樹に説明した。

「単なるゲイ・バーとも言えないような銀座の店だけれど、ホステスたちはすべて、かつては、あるいはいまも、男たちばかりで、しかしその誰もが、なんらかのかたちで、女として生きている。ホステスとしてその店に出ているときも、もちろん、女性なのさ」

「そういう店へ、これからいこうとしている。来るかい」

「ご一緒します」

「本物の女性客も歓迎してくれる」

降りていくエレヴェーターに乗ったのは、彼ら三人だけだった。だから美樹は、

「さきほどのお話のなかにあった、なんらかのかたちでとは、どういう意味ですか」

と作家に訊いた。

「身のこなし、言葉、衣服、髪のつくり、化粧。それに、自分をどのようにとらえているか、という問題」

と作家は言い、さらに次のようにつけ加えた。

「男でありながら女性として生きている人を基本だとすると、女性ホルモンの助けを借りて体を女性に近づけている人、さらには体に手術をほどこすことをとおして、男性であった自分を女性に近づけている人など」

銀座西のビルディングまで三人は歩き、奥のエレヴェーターで上がった六階には、美樹が初めて体験する別世界があった。ホステスたちは誰もが驚くほど美しく、一時間ほど過ごしたその時間ぜんたいが、妙に弾む会話で支えられ、なおかつ笑いが絶えなかった。

店を出るために三人が席を立ったとき、ドアに向から狭い通路で、美樹はうしろからきわめて軽く、抱き寄せられた。抱き寄せられたときには、そこにどのような工夫があるのか美樹には見当もつかなかったが、そのホステスに向けて体は半回転し、華やかな着物の体に抱かれていた。席では美樹の斜め前にいた、ひときわ顔だちの整ったホステスだった。自分を抱く彼女がうなじに顔を寄せ、

「あなたのような体を、ほんとの女の体と言うのね」

と囁いたごく短い時間、底なしの親密さにありったけの感慨が込められているのを、美樹は感じた。その言葉がうなじを這って耳から体の内部に届いた瞬間、そのありったけの感慨は、いま自分を抱きとめている美しいホステスという特定のひとりをはるかに越えて、自分がやがては小説に描く人たち全員の人生へと結晶するのを、美樹は体内のどこかで受けとめた。そしてその結晶は、自分は小説を書くほかない、という決意となった。

気づいたら抱き合っていたその美しいホステスは、

「大丈夫？」

と、優しく美樹に訊いた。

このことをふと思い起こすとそのつど、美樹は首を左右に振った。そして、記憶のなかにいるあの着物のホステスに、おなじことを答えた。大丈夫ではありません、自分はまったく大丈夫ではないのです、と。

あのときの写真家は、日本の映画女優たちのポートレート写真でも知られていた。定例の企画会議で美樹がこのことを話題にすると、男性たちが乗り気になった。その結果、『私の女優たち』という題名で、六回の連載が、企画案として成立した。写真家にこの案を諮《はか》り、同意を得る役を美樹が引き受けることになった。

「六回ということは、六人の女優たち、という意味かい」

と写真家は言った。

「基本的には」

「六人を選ぶのが大変だよ」

「スペースは広いです。一ページのおよそ半分と考えていただければ」

「一回に何人かずつ、とりあげてもいいね。写真はひとり一点にして」

「魅力的なレイアウトが実現しそうな予感があります」

この企画は実現し、連載は六回をまっとうした。好評だった。

この連載が紙面に掲載されてからひと月ほどあと、その写真家の後輩である作家から、西野美樹のところに電話があった。

「本にしたいと言い始めたんだよ。あの連載だけでは物足りないらしいんだ。ネガをたくさん探し出し、自分でどんどんプリントしてるそうだ。文化部の美人に伝えておく、と約束した。相談に乗ってくれないか」

美樹は佐和田に話を伝えた。佐和田は同期の親友である高原にふたたび連絡した。いまは完全な別会社となった出版社で、高原は編集者として仕事をしていた。美樹も同席して高原がその写真家と会ったときには、高原はその企画を出版計画として成立させていた。

編集の仕事は滑らかに進んだ。貴重なプリントが豊富にあった。写真家が熱心に語るのを録音し、口調を残しながら言葉を整えなおすだけだったから、こちらも進行は早かった。サイズの大きい、堅牢な製本の、美しい写真集のような本になった。あとがきのなかに、文化部記者・西野美樹への短い謝辞があった。

ホテルのその部屋にふたりは泊まった。次の日、土曜日の午前中にふたりは目覚め、身じたくを整えてから、部屋で朝食にした。アメリカン・クラブハウス・サンドイッチがルーム・サーヴィスのメニューにあった。それにスープとコーヒーだ。いまは昼過ぎで、コーヒーと会話の時間となっていた。

「すでに何度も言ったとおり、広島できみのお母さんが営んでいるカレーライスの店を、僕は引き継ぐ」

小さな丸テーブルをはさんで、斜め向う側に美樹が脚を組み、イージー・チェアにすわっていた。

「いいアイディアだ、と自分でも思う。僕はまったくの素人だけど、料理は好きだし、自分が作ったものを人に供するのも、好むところだ。勉強は始めている」

「一度、広島で、母に会わないと」

「広島へいくよ。いつでも」

と言った佐和田は言葉を続けた。

「検討すべきことがたくさんある。僕は定年まで待たないほうが、いいにきまってる。退社しよう。定年までいて、そのあとも東京にいるよりは、広島でカレーライスの店の主人をやったほうが、はるかにいい。失敗すればそれは明らかに失敗なのだから、ごまかしようがないところも気に入っている」

彼の言葉を受けとめながら美樹はコーヒーを飲んだ。

「ほんとにきみが、いったんは引き継ぐのか」

「そのつもりでいます。そう決めています」

「カレーライスは？」

「それがどうしたの？」

「作れるのかい」

「地元で高校生だった頃には、ほとんど私が作ってたのよ」

「評価は？」

「お客さんの？」

という美樹の問いに、佐和田はうなずいた。

「上々。食べに来て」

「僕がお母さんに会って話をするのは、早いほうがいい」

「本気なの？」

「本気だよ。これ以上の本気はない。いつだったか、お母さんのカレーライスの店のことをきみから聞いたとき、なにか閃くものがあった」

「ほんと？」

「ほんとだよ」

そう言った佐和田は自分のコーヒー・カップに手をのばし、

「時間順が問題だね」

と言った。

「時間順とは？」

「きみがいったん引き継ぐなら、きみはいまの仕事を辞めることになる」

「辞めます。それに関しては、なんの問題もないでしょう。ただ辞めればいいのだから」

「辞めて広島へ帰る」

「もうこのへんで引き継いでくれ、と母に言われたら、ふたつ返事で私は引き継ぎます」

「その話を聞いて、僕が割り込んだ」

「歓迎よ。いま私が住んでいる部屋は、いつかも言ったとおり、母が投資のつもりで買ったものなのよ。その部屋が空くから、そこに住むのはあなたかな」

「僕は身軽だ。いつでも、どこへでも」

「心強いわ」

「しかし」

と佐和田は言った。

「僕も広島へいくよ。引っ越すなら、いまのところから次は広島だ」

「母にはまだあなたのことを言ってないのよ」

「伝えてくれないか」

「ほんとに伝えてもいいんですか」

「ほんとに」

と、ふたりのやりとりは続いた。

「広島へ来て、母の店を見て、ご自分にこなせるかどうか、判断して」

「会いにいったそのときにきめる」

「広島には少なくとも二泊はする必要があるわね」

美樹の言葉に佐和田はうなずいた。

「金曜日の午後、飛行機に乗る。土曜日と日曜日が使える」

「日曜日はお店の定休日です」

「お母さんと落ち着いて話が出来る」

「広島ではホテルに泊まるの？」

「そうなるね」

「ボウリング場のある建物の隣のホテルに泊まって」

「なぜ？」

佐和田の問いに美樹は説明した。

「ボウリング場のある建物の屋上には巨大なボウリングのピンがひとつ立っていて、夜になると、私の知るかぎりでは、三つの方向からライトアップされます。ごく淡い紫色、おなじく淡い青、そして薄い緑色。この三種類の光線で、三つの方向からライトアップされて、存分に不気味です。このピンが、窓のすぐ外に、おなじ高さで見える部屋がいくつかありますから、ぜひその部屋のひとつに泊まって。あのボウリングのピンを夜中に窓から至近距離に見たいから」

佐和田は穏やかに微笑し、

「それでは、ぜひそうしよう」

と言った。

「『日本人と林檎』の本は実現させるといい」

「広島でカレーライスの日々が落ち着いたら、まずその本に取りかかるでしょう」

「高原は喜ぶよ」

「そうね」

「小説も」

「書きます」

と、美樹は言った。

「短編ひとつにノートを一冊使って、下書きのさらに下書きのようなメモが、すでに二十冊は作ってあります。四十枚八十ページでA5の、薄いノートです。一冊ごとにひとつの短編。右のページにだけ書いてます。とんでもないときにふと思いつくことが短編ごとにあって、そのつど書き込んでます」

「最初の短編にしろなににしろ、短編をひとつ小説雑誌に載せるのは簡単だと、高原は言っていた。しかし、ひとつでも商業雑誌に作品が掲載されると、新人ではなくなる。あとのことを考えると、短編ひとつで新人賞を受賞しておくのが、いちばんいいそうだ」

「そうします」

と美樹は言った。持っていたコーヒー・カップをテーブルの受け皿に戻した。

「カレーライスと短編小説の日々ね。広島で。段階はきちんと踏んでるような気がします」

「階段はずっと上のほうまで続いてる」

「あなたの場合も?」

「お母さんのカレーライスの店を、うまく引き継ぎたい。その店を中心にして、広島で自分の生活を作りたい」

「お店のカレーライスはすでに定評があるのよ。おなじカレーライスを作るのは、難しいことではないはずよ。調理師の免許は大学生のときに取得しました。あなたは広島で生活を作るとして、私はまた東京へ戻ることになるのかしら。新人賞作家として。なれるとすれば」

「そうなることを、心から願っている」

「そうなったとして、私は東京にいたほうがいいのかしら」

「なにかと」

「あなたは広島でカレーライスね」

「うまくいけば」

と佐和田は言い、しばらく間があいた。そして美樹が、

「いまの私たちは」

と言った。

「まったく対等なのね。うまくいけば、ということにおいて」

美樹は椅子を立った。ドレッサーの向こうにある荷物台へいき、そこに横たえてある鞄のジパーを開き、ジップロックにひとつ入っている青い林檎を取り出した。テーブルに戻った彼女はそれを佐和田に差し出した。佐和田は受け取り、美樹は椅子にすわりなおした。

「グラニー・スミスという品種の林檎です。通販でひと箱、買ったの。食べてね」

「きみは？」

「食べました。昨日の朝食に。皮をむいて薄く切り、マスカルポーネと合わせて。至福よ」

「それだけかい」

「自分でミネストローネを作りました」

ジップロックのなかのグラニー・スミスを佐和田は見ていた。予約したこの部屋の番号を伝えるために彼が電話してきた日の夜からここまで、整えなおして小説に書くなら、それは充分にひとつの短編小説ではないか、と彼女は思った。

春はほろ苦いのがいい

各駅停車の電車を降りた杉本《すぎもと》エリナは階段に向かって歩いた。彼女はいちばんうしろの車輌から降りた。だから彼女が階段を降り始めたときには、階段には人はひとりもいなかった。降りきるまで彼女ひとりだった。一階の広い構内の向こうに改札がならんでいた。そこに向かって彼女は歩いた。

改札を出てドラグストアの前を抜け、商店街に入ってすぐ、和菓子の店の角を曲がって、彼女は脇道へ入った。両側に商店や食事の店がつらなっていた。左側の路地へ入る角に喫茶店があった。ドアを開くとき、ドアの脇にある透明なガラスの縦長の窓ごしに、店のなかが一部分だけ見えた。今日は混んでいる、と彼女は思った。

ドアを開いて彼女は店に入った。奥行きの深い店だ。テーブル席にはすべて客がいた。入ってすぐ右側に短いカウンターがあり、そこには客はいなかった。カウンターのなかの女店主が振り返った。彼女の肩のかたちがいい、と杉本エリナは思った。肩のかたちが良ければ横顔もいい。その店主がエリナを笑顔で見て、カウンターを示した。エリナはうなずいた。

そしてカウンターのまんなかの椅子にすわった。持っていたマチ幅の狭い、黒いナイロンのブリフケースを両膝に横たえた。

「今日は、こんな」

と静かな声で女店主は言い、店の空間を漠然と示した。横顔が良ければ腕のかたちもいい、とエリナは思った。グアテマラの深煎りの豆によるコーヒーを注文した。

そのコーヒーはやがてエリナの手もとに置かれた。コーヒーをひと口だけ飲んだ彼女は、自分はいま考えごとをするのだ、と思った。なにについて考えるのか。なにごとかを。このような時間が好きだ、とも彼女は思った。このような時間はコーヒーに常にともなうのか。町の喫茶店でなければいけないのか。いま自分の周囲には人がたくさんいる。しかしどの人とも関係はない。そこがいいのか。とりとめもなく考えているうちにコーヒーは半分となり、やがて飲み終えた。

ふた組の客が続けて店を出た。食器をさげた店主はカウンターをはさんでエリナの前へ来た。まっすぐにエリナを見て微笑し、

「お話をしてもいいかしら」

と訊いた。

「どうぞ」

というエリナのひと言には、屈託がまるでなかった。

「何度かいらしてるわよね」

「自分では常連のつもりです」

「ぜひ常連になってください」

静かな喋りかたをエリナは気に入った。声の質は好ましく、ぜんたいにわたって抑制が利いていた。

「いらしていただくたびに、どんなかたなのかなと思うのよ」

「どんなとは？」

とエリナは訊き返した。そして、

「性格のことですか」

と、つけ加えた。

店主は首を振った。そして次のように言った。

「そこへいく前の、日常の生活と言うのかしら。どんな生活をなさってるのかな、とか」

「三十歳でひとり暮らしです。コミックスを描いています」

「なにかをお創りになるかたなのね」

「コミックスを創ってます。ストーリーも絵も」

「ひとりのお仕事ね」

「作業するときは、ひとりです」

「ひとり暮らしとおっしゃったわね」

「両親は離婚しました。ふたりとも団塊の世代です。母はいま名古屋にいます。出身地の近くです。絵を描く人です。水彩画です。カルチャー・センターのようなところで水彩のクラスの先生をしたり、水彩画の手ほどきのような本を書いたり。絵葉書のシリーズは好評です。離婚のときに分与した現金が貯金でありますから、なんとか自立はしてるようです。私はひとり娘です」

「そうだったの」

という簡単な言葉に店主の笑顔が重なった。感慨の大部分はその笑顔のなかにあった。

「ほんとの話です」

「もちろんよ」

「コミックスではなくて」

「もちろんよ」

と、店主はおなじ言葉を繰り返した。そして、

「お父さんは、どうしてらっしゃるの？」

と訊いた。

「定年より二年早くに退職して、いまはなにか仕事をして、ひとりで住んでいます。かつての自宅です。私や母がともに住んでいた家です。いまは私も母もそこを出ています」

「お父さまはいまおひとりなのね」

「再婚することになりました。つい先日、その新しい女性を加えた三人で、夕食をしたばかりです」

「新しいお母さんにご紹介されたのね」

「地味なかただろうと思っていたのですが、思いのほか華やかなかたで、安心しました。いい女性です」

「よかったわね」

「いっしょに住むのだそうです」

「お父さまが、その新しいかたと」

「はい」

「いまはお父さまおひとりの、そのご自宅で」

「内装その他、かなり手を入れて」

店主は何度かうなずいた。

「つい先日の夕食の会は、すでにコミックスの材料にしました」

「お描きになったのね」

「そうです。掲載された雑誌を、今度、持って来ます。ご覧になってください」

「身のまわりの出来事が、そうしてお仕事の材料になるのね」

店主の理解は正確だった。そこにエリナは次のように加えた。

「私とおぼしき女性が主人公になって、いろんなことを絵と短い文章で語っていく連載もありますから」

「そういうものを創る毎日は、楽しいでしょう」

という店主の言葉に、

「気楽です」

とエリナは答えた。そして、

「母も再婚します」

と、言った。

「それは、それは」

「友人の編集者が持って来た仕事の一端として、私は男性の作家と会ったのです。ご自身が団塊の世代のかたなので、『団塊』という題名で長編小説を書こうとしているお話をうかがって、『団塊の妻』という題名にして、内容もその方向で変えることを、私が提案したのです。母に会って取材することを、私は勧めました。母は団塊の人の妻でしたから。作家は母に会いにいきました。ふたりはおたがいに対して最初から感じるところが強くあったようで、たちまち仲良しになり、結婚することがきまったのです。婚姻届を提出して夫婦になるそうです。とは言っても、いっしょに住むとか、所帯をひとつにするとか、俺が夫できみは妻だから、というようなことはいっさいなく、ふたりはこれまでどおりの生活を続けながら、夫婦なのです」

「名古屋なら東京から通えるわね」

「近日中に三人で会おうということになっていて、名古屋で三人が会って、きっと夕食でしょう」

店主の反応はエリナにとっては意外なものだった。

「どちらも春のお話なのねえ」

と彼女は言った。さらに次のような言葉が続いた。

「ほろ苦いわ。でも、こういうお話は、好きよ」

「名古屋での夕食も、きっとコミックスに描くでしょう」

「楽しいわね」

「その作家と私が知り合うきっかけを作ってくれたのは、親友の編集者です。こちらのお店には、私といっしょに、少なくとも三度は来ています」

「覚えてるわ。あなたとおなじくらいの背丈で、あなたとおなじくらいおきれいなかた」

エリナがその店を出るとき、店主は名刺を差し出した。受け取った名刺には、店名、電話番号、営業時間と休日が三行に深いカーキ色で印刷してあり、その下に中村美砂子《なかむらみさこ》という名前をエリナは見た。

喫茶店を出たエリナは駅へ歩いた。住んでいるところから下りの各駅停車でふたつ目の駅であるこの町で寄ったのは、今日はあの喫茶店だけだと思いながら、彼女は改札を入った。構内の斜め右奥にエスカレーターがあった。彼女はそこへ歩き、上がっていくエスカレーターに乗った。そして途中で思い出した。

中村美砂子の言葉だ。エリナが語った両親の話について、「どちらも春のお話なのねえ。ほろ苦いわ。でも、こういうお話は、好きよ」と彼女は感想を述べた。プラットフォームに上がったエリナは、まっすぐに歩いた。ベンチがあり、人はいなかった。そのベンチにすわった彼女は、薄いブリフケースからノートブックとボールペンを取り出した。カランダッシュのボールペンで、ブルーのLの替え芯が入っていた。文具店で応対した女性は、カランダッシュのBはL表示です、と言った。

ノートブックのまだなにも書かれていないページを開いた彼女は、ブルーのボールペンの大きな字で、春のお話、ほろ苦い、好きよ、と三行に書いた。そしてその文字を見つめた。「春のお話」のなかの、「のお話」の三文字に横線を引き、「春」だけを残した。「ほろ苦い」の四文字には、そのあとに「から」を加え、「ほろ苦いから」とした。そして「春」のあとに「は」をくわえた。その三行の文字を彼女は見つめた。「春はほろ苦いから好きよ」となった自分の文字を、なおも彼女は見つめた。

「春はほろ苦いから」の部分のなかの、「から」のふた文字に横線を引いて消し、そのかわりに、「のが」と書いた。「春はほろ苦いのが」となった。そして彼女は、「好きよ」の三文字すべてを横線で消し、その下に、「いい」と書いた。出来上がった三行を続けて読むと、「春はほろ苦いのがいい」となった。これなら連載の題名に使える、と彼女は思った。

各駅停車の列車が駅に入って来る、というアナウンスがあった。ノートブックを閉じ、ボールペンとともにブリフケースに入れ、ジパーを引いて閉じた。そして立ち上がった。八輛連結の電車がプラットフォームに入って来た。

杉本エリナは白い長袖のシャツを着ていた。彼女の体をゆったりと包んでいるシャツだった。一見すると平凡だったが、じつはそうではないということは、すぐにわかった。これだけゆったりしていると、なにかの下にこのシャツを着る、ということが出来ないのではないか。いまの季節にこう着るほかない。

裾を外に出していた。裾は直線ではなく、うしろが丸みを帯びて少しだけ長くなっていた。襟はシャツ・カラーと開襟の中間だった。襟が平たくならず、微妙に立ち上がっていた。そのシャツの下にかすかに透けて見えているのは、黒い下着だとほとんどの人は思っただろう。観察する時間をいま少し長く取るなら、黒ではなくダークブルーなのだと、わかったはずだ。ダークブルーが当然だろう、と思わせるものが、どことは言いがたいぜんたいの問題として、彼女の体にはあった。

色落ちしたストレート・レッグのジーンズに包まれた腰、太腿、両膝等をへて、ヒールのあるサンダルという帰結点に向けた、きれいに統一された動きのようなものを、彼女を見る人は感じた。薄いマチの黒いナイロンのブリフケースは、彼女の正体を不明にする力を発揮していた。さきほどの喫茶店の主人、中村美砂子のエリナに対する興味は、端的に言うなら、彼女は何者なのか、ということだった。

電車は止まり、ドアが開き、降りる人のいないドアに向けて、彼女は歩いた。

四週間前の夕方、父親の杉本俊介《しゅんすけ》からの電話を、エリナは部屋の固定電話で受けた。

「会ってくれるか」

と父親は言っていた。

「会うとは？」

とエリナは訊き返した。

「何度か言っただろう。三人で夕食だ」

三人とは、と言おうとしてエリナは抑えた。

「いいかい」

「日時は？」

「来週の、週なかば」

父親は都合のいい日を伝えた。メモ・ブロックに書きとめ、スケジュール帳を彼女は見た。

その日は空いていた。

「では、そうしましょう」

「店は銀座にある。パーラと呼んでいる。レストランだ。ごく穏健な」

「そこで」

「待ち合わせのロビーがある。そう、そこで」

父親の言う時間を、エリナは書きとめた。

「なにか持っていくものは」

「なにもないだろう」

「花とか」

「必要ないと思う」

「私もそう思う」

「時間どおりに来てくれさえすれば」

「いきます」

ごく平凡に、三人の夕食の予定はきまった。エリナは時間どおりに、待ち合わせのレストランのロビーに到着した。父親と新しい女性はすでに来ていた。彼女をひと目見たとき、エリナが受けた印象は、これならいい、というものだった。そう思うと同時に、なぜかひどく安心した。だからそこからのエリナは陽気に振る舞った。

「いい友だちになりましょうね」

と、食事の途中で、有紀子《ゆきこ》というその女性はエリナに言った。夕食を終え、ロビーに出てエレヴェーターを待っているとき、

「今日は、ありがとう」

と父親が言った。

エリナが連載しているコミックスには何種類かあった。そのうちのひとつに、エリナ自身とおぼしき女性が、多くの場合、裸ないしは半裸で登場し、絵と短い文章で読み切りのストーリーを語っていくものがあり、この三人での夕食のことを、エリナはそこでの一回分として描いた。すでに予定していたストーリーとは、編集者の中原美雪《なかはらみゆき》の了承を得た上で、差し替えた。エリナの私的な生活のなかから材料を見つけてくる連載だった。

ストーリーの展開は現実のとおりだった。父親も相手の女性も、まるで違う人として描いた。女性は着物姿の粋な人に描いた。掲載されたコミックス雑誌を黒いナイロンのブリフケースに入れて、エリナは中村美砂子の喫茶店を訪れた。テーブルの席は半分ほど埋まっていた。エリナはカウンターの先日とおなじ位置の椅子にすわった。いつものコーヒーを注文し、それが手もとに置かれるのと引き換えのように、ブリフケースから出したコミックス雑誌を美砂子に手渡した。

「さしあげます」

「うれしいわ」

「再婚する父親とその相手の女性を加えた三人での、銀座での夕食がテーマになってます」

その連載のページを、美砂子はなぜかすぐに見つけた。

「これね」

連載は杉本エリナの本名で続いていた。コミックス作家としての彼女はペンネームを使わず、本名の杉本エリナでとおしていた。エリナは最初から片仮名で、意味はこれと言ってなく、語呂だけで母親がきめた名だ。

「いま読むわよ」

「どうぞ」

カウンターの端の、支払いをする場所へいき、そこで美砂子は読んだ。コーヒー・カップを片手にしているエリナの前へ戻って来て、

「面白い」

と笑顔で言った。

「絵がこれだけお上手なら」

と言い、美砂子はそこで言葉を切り、連載のページに視線を落とした。

「この女性がご自分なのね。そっくり。銀座のいいお店でお夕食なのに、この女性だけがすっ裸なのね」

「四角いフレームの眼鏡をかけてます」

「ええ」

「それから、ヒールのあるサンダル」

「それは、なくてはならないものね」

美砂子の指摘は的確だった。

「これだけきれいな体なら、裸を描きたくなるわね」

父親の再婚相手である着物姿の粋な女性が、そのお洋服はほんとによくお似合いね、とすっ裸のエリナに言っている場面があった。斜めうしろのテーブルの初老の男性だけが裸の彼女に気づき、驚きのあまりフォークを手から離していた。そのフォークはクロスのかかったテーブルに向けて落ちていく途中であり、フォークが空中にある一瞬は、その男性の心からの驚きと重なり合っていた。

「愉快よ、じつに愉快」

「裸の彼女は、しばしば登場します」

「ご自分なのね」

という美砂子の言葉に、エリナは足もとに置いた薄いブリフケースを取り上げて両膝に横たえ、ジパーを開き、赤い色の四角いフレームの眼鏡を取り出した。それをかけて美砂子を見た。眼鏡にレンズはなかった。

「絵のなかのご自分と、そっくり」

と美砂子は笑った。

エリナがほぼ自分として描く裸ないしは半裸の女性は、四角いフレームの眼鏡をかけていることが多かった。描きはするけれど、そのような眼鏡をエリナは持っていなかった。だから描くたびに欠落感があり、それを解消するため、昨年の春に下北沢でこの眼鏡を買った。レンズの入っていない眼鏡のはずしかたを描いただけで、連載の一回分になったことがあった。右頬の上から、右目のフレームの内側に右手の人さし指を入れて、眼鏡をはずすのだ。

「この眼鏡をかけると、私自身、裸になりたくなるのです」

とエリナは言った。

「ですから私は、この眼鏡だけをかけて、あとはすっ裸で、コミックスを描いています」

美砂子は笑った。そして次のように言った。

「いまの季節ならもういいでしょうけど、冬は寒いわね」

「私がいま住んでいるのは、集合住宅の、うなぎの寝床のような部屋なのです。どこもそうですけれど、私のところはひときわ南北に長くて。南西に面して大きなガラス戸のある部屋は、西日が直射します。晴天の日は真冬でも夏のように暑いのです。人が見たらびっくりするような半裸で、私は一日じゅうそこでコミックスを描いています」

「いちばん北のお部屋は？」

「夏の猛暑日でも、しばらくいると冷えますから、資料室ですね。本や雑誌、それに物品が置いてあります。まんなかにふたつある部屋は、春と秋ですね。ひとつは寝室で、もうひとつは、食事を作るキチンと、その食事を食べるための、ダイニングのスペースです。うなぎの寝床にも四季があります」

というエリナの言葉に美砂子は笑った。

「これはいただいていいの？」

と、コミックス雑誌をシャツの胸に抱いた。

「さしあげます」

「何度も読むわ。お母さまのほうは、どうなさったの？」

という質問に、

「名古屋へいきました」

とエリナは答えた。

「三人で夕食でした。作家の知っているお店で。私はたいそう気に入りました。略地図を送ってくださってましたので、新幹線で夕方の五時に名古屋に到着してお店に直行し、三時間足らずで夕食は終わって、ふたたび駅に直行して新幹線に乗り、十一時にはいつもの部屋に戻って、なぜか裸でした」

「そのことも、いずれコミックスにお描きになるの？」

「お店は気に入りました。ですからこれからよく考えて、あのお店とそこでの食事を、なんとか出来ればと、いまは思ってます。お酒はもちろん飲めるお店ですけど、食事もじつに良くって」

名古屋に集まった三人が食事をした店は、細い路地の入り組んだ奥の、ひときわ路地らしい道のまんなかにあった。建物ぜんたいが黒い板塀で囲まれていて、外からは障子に見える横長の窓がひとつあるだけで、あとは漢字ひとつの店名を書いた四角い額のような看板と、暖簾の下がった引き戸だけだった。

なにの店なのか見当はつかず、店内の雰囲気すらうかがえないから、知らない人は入らず、したがって客は常連だけだった。心地よく低い古風な天井の下に、テーブルが好ましく無造作にならび、入って正面の壁に向かってカウンターの席もあった。店の奥にもいくつかテーブルがあり、いちばん奥は小上がりだった。

外の路地からは障子に見える横長の窓の脇で、三人は四人用のテーブルについた。大きな皿に何本も横たわる出汁《だし》巻き卵。肉じゃがの満ちた深い器。鰯の塩焼きのならんだ皿。大根おろしの鉢。ご飯に漬物。味噌汁。作家は冷奴を注文に追加し、きみは、と訊かれたエリナは、笑顔でうなずいた。

自分ひとりがこの店の客になっている状況を、自分が描くコミックスとしてエリナは想像した。主人公の彼女は、席につくとすぐに四角い縁の眼鏡を、薄いブリフケースから取り出すといいのではないか、とエリナは思った。彼女はその眼鏡をかける。料理は間を置くことなく一品ずつテーブルに出て来る。出て来るたびに、彼女はなにかを脱いでいく。と同時に、彼女は食べ始める。

次々に料理がテーブルにならぶ。エリナとおぼしき女性は、料理一品ごとに、脱いでいく。注文した料理がすべてテーブルにならんだときには、四角い縁の眼鏡とヒールのあるサンダルの他には、エリナはなにひとつ身につけていない。裸の美しい体で、エリナは食べていく。

母親と作家の会話を聞きながら、そして求められればその会話に加わりながら、エリナは想像のなかでコミックスを描いた。連載の一回分はこれで十分なのではないかと思いつつ、品書きをノートブックに書き写した。

中村美砂子に彼女の喫茶店でコミックスの掲載誌を進呈した次の週にも、週末の夕方、エリナはその喫茶店へいった。編集者の中原美雪と待ち合わせの約束がしてあった。美雪はすでに来ていた。テーブル席で椅子にすわっていた。美砂子はカウンターのなかにいた。コーヒーを美雪のテーブルに置いて、カウンターのなかに戻ったところだ、とエリナは思った。

「先日はコミックスをいただいたのよ」

エリナを示して、美砂子は美雪に言った。エリナは美雪の向かい側の椅子にすわった。

「いま名刺を交換したところ」

と、美雪は言った。このあとふたりはエリナの部屋へいく。そして今夜の美雪はそこに泊まる。客が何組か続き、テーブル席はやがて埋まった。ふたりが席を立って支払いをしていると、女性の三人連れが入って来た。空いたばかりのテーブルをひとりが示し、「空いてる、空いてる」と、叫ぶように言った。

店を出たふたりは、すぐ近くの駅に向けて歩きながら、会話を交わした。

「美砂子さんは素敵な人だ」

という美雪の言葉に、エリナが言った。

「肩や背中が、いいかたちをしてる。それから、両腕や横顔。みんなひとつにつながってる」

「エリナは人体に詳しいからな」

「腰もいいかたちだ。脚はまだ見ていない」

「俺はさっき見たよ。お前が来る前に。いい脚をしてる」

「ストーリーの主人公になる、と思った。連載の一回分が出来そうな気がしてる。俺が裸で出て来るほうではなく、フィクションのほう」

「出来るよ、いっしょに考えよう」

と美雪は応じた。

ふたりは駅の改札を抜けた。

「フィクションと言えば」

と、美雪が言った。

「ある作家が杉本エリナのコミックスのファンで、連載のコミックスを見せながら、こういうのを小説にしたいなあ、と担当の編集者に言ったそうだ。その編集者とおなじセクションにいる編集者から、俺はその話を聞いた」

「どの話を小説にしてもいいよ」

ふたりはエスカレーターに乗った。すぐ下にいるエリナを振り返り、

「提案してみようか、その編集者に」

と美雪は言った。

「まかせる」

プラットフォームに上がると、各駅停車の電車がすぐに来た。ふたりはその電車に乗った。空いている時間だった。ふたりはならんですわった。

「美砂子さんを見て、わずかだけど会話をして、ストーリーを作りたくなった」

「彼女もまた、誰かの母親だろうか。娘がいたりするんだろうか」

「五十代の、なかばまでいってるかな。いま五十五歳だとして、二十五のときに娘を生んでれば、その娘はいまの俺たちとおなじ年齢だ」

「なにかストーリーを作りたい」

「作れそうだ」

「娘の話になるかな」

「あの美砂子さんに娘がいるとして」

「母と娘のストーリー」

「どこにでもあるような、嫌な話は御免だよ」

　と美雪は言った。

「母親が大きくよりかかり、娘はそのつっかえ棒のようになってる話の、逆にすればいいんだ。娘の自立を促す母親の話」

　というエリナの話に美雪は賛成だった。

「娘が十八くらいの頃から促し始めて、三十歳になってようやく、娘は自立するとか」

「なにをやってる娘なのか」

「そこが大事だね」

「なにごとかを継続しておこなって来て、それを周辺の人たちに認められることをとおして、人は自分という人になっていく」

　と、美雪は自説を披露した。

「十年前、四十五歳のとき、美砂子さんはあの喫茶店を開いたとする。娘は二十歳だ」

「ちょうどいいよ」

「ひとりで喫茶店を切り盛りする母親を見ながら娘は育っていく。そのようなかたちで、娘は自立を促される。父親はいないことにしよう」

と美雪は言い、ふたりは笑った。

「いないほうがいいね」

とエリナは言った。

「娘は三十歳からひとり暮らしを始める。私から距離を取れ、私から離れて自分を作れ、と促す母親」

「そしてその娘は、なにをしてる人なのか。そこへ帰っていく」

「大問題だね」

ふたつ目の駅でふたりはその電車を降りた。人のいないプラットフォームの、窓のある壁に寄せてベンチがあった。それを美雪は示し、ふたりはベンチにすわった。

「美砂子さんはいま五十五歳だと設定して、生まれたのは一九六二年だ。どんな日本だったか」

「まるで知らない」

とエリナは答えた。

「俺も知らないけれど、無責任時代、と呼ばれた時代だよ。ハイ、それまでョ、とか言ったなあ。池田首相の時代だよ。国づくり懇談会というのがあった。首相の私的な会みたいなものか。人づくり懇談会、というのもあった」

「国も人も、すでに充分に壊れてたわけだ」

エリナの言葉に美雪はうなずいた。そして言葉を続けた。

「十五歳のときが一九七七年。二十五歳のときが一九八七年。二十代なかばがバブルか。そしてそのとき、俺たちが生まれた。物心ついた頃にはバブルは終わっていて、失われた何十年かが、すでに始まっていた」

「素晴らしいね」

とエリナは言った。

「条件はすべて揃ってる」

ふたりはベンチから立ち上がった。階段に向けて歩き、その階段を降り、南口の改札を出た。道を渡り、商店街に入った。南へ向かって歩いていくとすぐに商店はなくなり、住宅地のなかで道はゆるやかな上り坂となった。その坂の上に、エリナがひとりで住む部屋のある、集合住宅が建っていた。

部屋に入ってふたりは交代で手を洗い、ダイニングのテーブルで向き合って椅子にすわった。

「中村美砂子だけでもストーリーになる」

と美雪が言った。

「それはよくわかる」

エリナが言った。

「四十五歳で喫茶店。それからの十年。これで充分だよ。女性ひとりで喫茶店を切り盛りして十年とは、どういうことなのか。事実を淡々と描いていくだけで、ストーリーになる」

「そのほうがいいな」

「娘の自立のストーリーがからんでもいいけれど、それはなくても、ストーリーは成立する。一回分は充分に成立する。この十年の話だから、エリナが描く美砂子さんは、いまの彼女でいい。いろんな場面の彼女。はっとするような場面もあるよな」

「先日、俺があの店で見て気に入った彼女を、最後の絵にしよう。カウンターのなかで、俺を振り返ったときの、肩や背中」

「俺が取材の交渉をしてみよう。反応を的確に読みながら。反応によっては、ストレートに取材する話へ持っていってもいいし。俺はうまいよ、まかせてくれ」

「俺が掲載誌をあげたのは、よかったな」

「俺にもそのことを喜んでた」

「しかし」

と、エリナは言った。

「なんだい」

「あのヘア・スタイルは、まとめるのに手間がかかるよ」

「しかし、よく似合ってる。女性の髪として、普遍性のようなものがあるよね」

「華やかなんだよ。手間のかかった華やぎがある。あの喫茶店へいくと、コーヒー一杯で、それを見ることが出来る」

「なるほど。コーヒー一杯でな」

「あの髪でここまで来たんだ。あの髪に彼女の歴史がある」

主として食事のために使う丸いテーブルに、黒いガラスの瓶がひとつ、置いてあった。美雪はそれを指さした。そして、

「これか」

と言った。

「それだよ。七百二十ミリ・リットル。アルコール分は二十五度。黄金千貫《こがねせんがん》という芋だそうだ」

「飲もう」

と美雪は言い、エリナは持ってきたふたつの小さなグラスを、ひとつずつ手もとに置いた。そして自分も椅子にすわった。

「俺に注がせると、なみなみと注ぐよ」

「注いでくれ」

美雪は瓶の蓋を取り、ふたつの小さなグラスを焼酎で満たした。慣れた美しい手つきだった。ふたりは乾杯した。

最初のひと口を飲み下した美雪は、

「なんと言えばいいんだ」

と言った。

「うまい、のひと言でいいのか」

「焼酎は芋だよな、とでも言ってくれ」

「これはいい芋だ」

「飯は鯨だからな」

「夜は長い」

焼酎と会話で小一時間が経過したあと、エリナは鯨の缶詰を六個、持って来てテーブルに置いた。

「この他に、鯨のカレーの缶詰がふたつある。おなじ缶詰だから、後ほど、ご飯を炊いてカレーライスにしよう」

「その前に、これを平らげるのか」

「順番に」

「六個は多いよ」

「食べられるだけ」

「みんなおなじかたちだね」

「作ってるのが、おなじ会社だもの」

「どれから食うか」

「腹がへって来た」

「どれからにするか」

ふたりは六個の缶詰を見くらべた。ひとつを選んで美雪はそれを手に取った。

「これからいくか。鯨の旨煮。ご飯にもお酒にもよく合う醬油味、だってよ」

「炭水化物とアルコールの仲を、これが取り持ってくれる」

「長須鯨。アイスランドの」

「そしていまここで、俺たちの胃のなかで、焼酎にまみれるのか」

「砂糖。醬油。生姜。澱粉。寒天。香辛料」

と美雪は読み上げた。

「基本的には甘辛かな」

「皿を持って来る」

「それと、箸」

取り皿を六枚に箸を二対、エリナはテーブルに置いた。そして鯨の旨煮の缶詰を開き、箸を使ってなかのものを二枚の取り皿に分けた。ふたりはそれぞれに鯨の旨煮を食べた。

「これは、うまい」

と美雪は言った。

「ふん」

「なかなかだ。鯨が、じつにいい。丸くて薄いクラッカーがあるよね。あれにこの鯨を少し載せれば、カナペになる」

「てっぺんになにか必要だろう」

「山椒の実を、ひと粒」

「それは食ってみたい」

「思いのほか、すぐになくなる。ほら、ふたりとも、もうないよ」

「このぶよぶよしたものは、寒天か」

「そうだろう」

「醬油を少しだけ落として、かき混ぜるといい。箸の先にちょっとつけては口に入れて、際限なく酒が飲める」

「そういうときに使うのは、割り箸だよ」

「さて、次はどれにするか」

とエリナは言い、五個の缶詰を眺めた。

「ゆっくり食べよう。二個が限度かな」

「鯨のアヒージョがある。須の子は？」

「須の子って、なんだ」

「知らない」

エリナは須の子の缶詰を手に取り、ラベルを眺めた。

「南極海のミンク鯨、あるいは北西太平洋のイワシ鯨だって。砂糖。醬油。澱粉。生姜。寒天。香辛料」

「いま食ったのとおなじだ」

「これにしよう」

その缶をテーブルに置いたエリナは焼酎のグラスを指先に持った。

「二、三日前、お前ともよくいくあのイタリー料理の店で、春の山菜のフリットを食べた」

とエリナは言った。

「シェフの田舎で採れる山菜だって。フキノトウ、というものを生まれて初めて食べた。ほろ苦くて、良かった」

「ウド。ゼンマイ。ワラビ」

と美雪は言った。

「どれもあったよ。よく知ってるね」

「オオイタドリ。カタクリ。ツクシ。ナズナ。ヤマウド。ユキノシタ。クコ。イラクサ。ナノハナ」

「ずいぶんあるね」

「もっとある」

「どんな？」

というエリナの単純な質問に、

「ママコノシリヌグイ」

と美雪は答えた。

エリナは笑った。

「まさか」

「ほんとだよ」

「ヤブレガサ」

「ありそうだな」

「あるんだよ。もっとある」

「聞かせてくれ」

「ショウジノサン。ナゲシノホコリ。フスマノヤブレ」

「なんだ、それは」

「タタミノメ」

と言った美雪は、焼酎の小さなグラスを唇に当て、エリナを見た。そして笑顔で言った。

「聞かせてくれ、とお前が言うからだよ」

# 大根おろしについて思う

# 1

四十八歳になったばかりの日野修平《ひのしゅうへい》は、五月なかばの平日の午後、御茶ノ水駅で総武線に乗り換え、市川に向かっていた。彼は作家だ。結婚はしなかった。したがって独身だ。

「僕は小説で婚期を逃したのです」

と、トークショーで語ることがある。

「僕だって結婚もしたいのですが、と言うとどの編集者も、平凡な幸せが手に入ると思っているあいだはろくな小説を書けないよ、と叱ったのでした。いま僕は四十八歳で、平凡な幸せはなにひとつない人です。しかし小説は書いています。かつて僕を叱った編集者たちは誰もが酒を飲みすぎて肝臓を壊し、入院しています」

観客は笑う。日野修平は小説を書くことに夢中でこれまでの人生を過ごしてきた。生活の中心には仕事があり、それは小説について考え、作品を次々に書くことだった。三十代なかばでデビューした頃には、完全にそうなっていた。それから十年以上が経過し、いまは彼の日々は静かに快適だった。充実してもいた。

気になることがひとつだけあった。あれから二十年になる、という事実だ。二十七、八歳のフリーランスのライターをしていた頃から、すでに二十年だった。二十八歳から起算するとちょうど二十年だ。

当時の彼の身辺にいた何人かの人たちのなかで、もっとも淡い関係だった女性は、立花真《たちばなま》理子《りこ》という名前だった。名前だけは覚えていた。たとえば彼女は、この二十年のなかで、いったいどうなったのか。自分とおなじ年齢だったから、いま彼女も四十八歳ではないか。彼女は、どこでどうしているのか。

立花真理子は神保町の出版社に勤める編集者だった。書籍の編集をしていた。日野はフリーランスの雑誌ライターだったから、彼女と仕事をしたことはなかった。しかし、なぜかしばしば会った。会えば挨拶をし、短い言葉を交わし合った。

その真理子は編集者であることをやめ、おなじ神保町のバーのホステスになった。賑やかな店だった。日野でもその店へいけば、知っている人が何人もいて、どの人も上機嫌な客だった。その店を待ち合わせの場所に指定されることもよくあった。

ある日の夜、まだ早い時間、その店でカウンターの席につくと、彼の前にあらわれたのは立花真理子だった。先週からこちらです、と彼女は言っていた。彼女とのあいだにあった距離が、いきなり半分ほどになったのを、日野は感じた。その感触はたいそう良いものだった。そしてその良さは、日野がいまも記憶している立花真理子だった。

その店のホステスたちについて教えてくれたのは、おなじフリーランス仲間でおなじ年齢の、新谷時雄《しんたにときお》という男性だった。手練手管の水商売の女たちではなく、うるさ型が多いと言われていた男性客たちとの、談論風発の会話相手としてのホステスたちなのだ、と新谷は説明した。

そのバーを経営していた中年の男性は、すぐ近くで小さな出版社をひとつ、経営してもいた。セレナーデ文庫というエロティックな内容の書き下ろし小説の文庫が、その頃ですでに、書店の棚一段を埋めるほどあった。新谷時雄がその文庫シリーズにすでに三冊も書いていることを知って自分が驚いたことを、日野はいまも記憶していた。

その出版社の社長が、知り合った女性たちのなかから狙いをつけ、ぜひとも、と熱心に勧誘した結果として集まったホステスたちだ、とも新谷は言った。彼女たちの評判は良く、店の明るい賑わいは彼女たちの力なのだ、と新谷は日野に言った。立花真理子もそうなのか、と訊いた日野に、きっとそうだ、と新谷は答えた。そして立花真理子はいなくなった。

彼女が店にいないことが二、三度続いたあと、喫茶店で偶然に会った新谷にそのことを日野が語ると、

「結婚したよ」

と新谷は言った。東京からさほど遠くない地方都市の名をあげた新谷は、

「その個人医院の、十歳年上の院長先生と。真理子さんの父親のお姉さんが発言力を持った人で、結婚の話を真理子さんにうるさく言ったのだって。その院長さんとのお見合いも伯母さんが持ってきた話で、あまりにうるさいからとにかく会うだけは会う、ということで会ったら、その場でおたがいに一目惚れだって。すぐに結婚した。いま頃は早くも院長夫人だよ」

「そうだったか」

「いま俺が住んでるのは一軒家で、大家さんの厚意で格安なんだ。市川だよ。市川駅の近くで真理子さんの叔父さんが喫茶店を営んでいて、真理子さん経由ではなしに、俺は常連だよ。叔父さんも立花という名前だからさ、話をしてみればつながってて、なんだそうなのかということで、みんな叔父さんが教えてくれた。真理子さんがひとりで住んでたアパートもすぐ近くで、その場所も教えてくれた。もちろん、真理子さんはもういないけれど」

　結婚した立花真理子が神保町からいなくなったのと引き換えたかのように、日野は新谷と親しくなった。市川駅の近くに気に入っている焼き鳥の店があると言い、日野を連れていった。焼き鳥に関しては新谷の言うとおりだったから、日野は何度もその店の客になった。

　すぐ近くで喫茶店を経営していた立花平吉《へいきち》に教えてもらったという、真理子がひとりで住んでいたアパートの前まで、新谷は日野を案内したりもした。焼き鳥の店から銭湯への経路

を少しだけはずれてまわり道をした、総武線をくぐる高架のトンネルを出たすぐ左の、木造二階建てのアパートだった。

その新谷にも会っていない。三十歳を過ぎた頃までは神保町で会っていたが、日野の仕事が小説への準備へと傾いていくにつれて、新谷とは会わなくなった。日野が神保町へいかなくなったのが、いちばん大きな理由だった。小説でデビューすると日野は多忙になり、それまでの日常とは別の日々が連続するようになった。

新谷時雄はいまどうしているのか。会わなくなる前後に新谷は編集プロダクションを作り、神保町に事務所を構えた。いまもそのプロダクションを続けているのだろうか。新谷にはすぐに連絡はつくはずだ、と思いながら日野は市川駅で電車を降りた。

駅の建物に変化はなかった。しかし、あらゆる部分が狭くなったように感じた。駅の内部に小さな構造物が増えたからだ。たとえば二十年前は壁が横にのびているだけだったところに、店舗が何軒もならんだりしていた。一階へ降りていく階段も狭く感じた。行き来する人の数は増えているように感じた。

日野は南口へ出てみた。二十年前のここは、再開発をへて新しい区画がいくつも作られたあとだった。そのときと基本的には変わっていない景色のなかで、高層の集合住宅は初めて見るものだった。駅の内部とおなじく、景色ぜんたいに、建て込んだ印象が強くあった。建物が増えたからだ。それらの建物によって、曖昧なままに残されたスペースというものが、いっさいなくなっている、と日野は思った。

公的な書類どおりになされた結果のたくさんの区画は、たくさんの枠を作り出した。人々はその枠のなかのどれかに、有無を言わさず押し込められていた。びっしりとならぶ建物がどれもおなじようだから、窮屈さはひとつの塊として増幅され、その景色を見る人にのしかかる。あれから二十年とはこういうことなのか、と思いながら日野は北口へまわった。

なんとなく見たことのあるような景色のなかで、変わらないのは方位だった。ここが駅の北口なら、東はこちらでしかない、と思う方向へ日野は歩いた。駅から離れるにしたがって、この景色はかつて見た、という感覚は強くなっていったが、曖昧な部分がいっさい消えているのは、南口とおなじだった。曖昧なひとつながりだったスペースは厳密に区分けされ、景色ぜんたいは狭くなったように思えた。歩道ですらその狭さが歩きにくさとなっていた。

道はやがて右へと曲がり込み、総武線の線路の下を高架でくぐった。高架を支える太くて四角いコンクリートの柱が何本も立っていた。高架の下はかつては不気味だったが、いまはきわめて平凡な、誰ひとり一瞥だにくれない、ただの高架下の道だった。妙な暗さは以前とおなじだった。そしてその暗さは、いまでは不気味ではなく、ぜんたいの平凡さを引き立てていた。

日野は高架の向こう側へ出た。かつて一度だけ見た景色だが、見覚えはある、と彼は思った。記憶している景色が、現在によって、細部からかたっぱしに修正されていく過程のなかにいまの自分はいる、などとも彼は思った。

歩道のかたわらに立ちどまった彼は、なるほど、こうなったか、と思った。土地の権利関係に変化はないのだろう、あらゆる物の配置はおなじだった。二十年前にくらべると、すべては整備されつくし、無用の隙間はいっさい消えていた。金網のフェンス、コンクリートの塀、ペイントを塗られたコンクリート・ブロックの仕切り、金属管による囲いなど、仕切りは細部までいきとどき、曖昧なままに放置された部分は、どこにもありようがなかった。

ここに立花真理子が住んでいた、と新谷が教えてくれた木造二階建てのアパートは、敷地には変化はないものの、建物はまったく別の五階建ての集合住宅になっていた。閉ざされた雰囲気がその建物のぜんたいを覆っていた。外側を拒否した当然のなりゆきとして人は内側に閉じこもり、押し黙っている、と日野は思った。

その建物の前の道をまっすぐいったところに銭湯があった。どっしりした木造の建物だった。焼き鳥を食べた後、新谷と何度も入った銭湯だ。場所はすぐにわかった。銭湯の建物はあとかたもなく、敷地はそのぜんたいが駐車場だった。人の気配のなさのただなかに、ある瞬間、怖さのようなものを、日野は感じた。立ち止まった日野はしばらくその駐車場を眺めた。

焼き鳥の店もとっくに消えているはずだが、その場所はつきとめることが出来るだろう、と日野は思った。だから彼は引き返した。高架の下をくぐり、おなじような普請の建物がならんでいる一角の、今日は定休日の処方箋薬局のある建物が、かつての焼き鳥の店の位置ではないか。ここから新谷が住んでいた家まで、のんびり歩いて七、八分だった。

駅の北口に向けて日野は歩いた。脇道の入口にさしかかった。立花真理子の叔父、立花平吉が営んでいた喫茶店は、この道を奥へ入ったところにあった、と日野は思い出した。この喫茶店にも新谷としばしば来た。新谷といっしょではないときにも、日野は御茶ノ水からここまで、ひとりで来ていた。新谷は立花平吉とは親しい常連の関係にあった。

脇道の入口の向かい側にあった信用金庫は消えていたが、こちら側の角の和菓子の店には、充分な見覚えがあった。その店は二十年前とほとんど変わっていないから、見覚えはいまでも充分なのだ、などと思いながら日野はその脇道を奥へ向かった。

もうないかな、と思ったとき、彼は喫茶店の看板を見た。おなじ店名だった。建物の造りはこうではなかった、などと思いながら日野はその喫茶店に入った。狭くも広くもない店内は落ち着いた配置で、ほどよい地元感がその上に重なっていた。入ると手前に客席が両側にあり、そのすぐ奥の左側が配膳のカウンターで、外からはなかを見ることの出来ない調理室がそれに続いていた。向かい側は客席だった。

そこからさらに奥へ入ると、ひとつのスペースだった。丸いテーブルとその椅子が、雑然とまではいかない心地よさにとどまって、配置してあった。ふたり用の小さな丸いテーブルの席を日野は選んだ。若い女性が水の入ったグラスを持ってきた。メニューから選んだタンザニアの深煎りの豆で、日野はコーヒーを注文した。

やがてコーヒーが彼のテーブルに届いた。さきほどの女性が持ってきた。彼女がコーヒーをテーブルに置く動作を、日野は見ているほかなかった。二十歳かせいぜい二十一歳だろう。日野の記憶のなかにある立花真理子と、そっくりだった。その真理子をさらに若くした女性が目の前でコーヒーをテーブルに置いているのを見る、という不思議な体験を日野は持った。顔立ち、ふとした身のこなし、相手にあたえる印象など、立花真理子とおなじだった。彼女の娘に違いない、と思いながら日野はコーヒーを飲んだ。上出来のコーヒーだった。

建物は外も内部も完全に改装されている、と日野は判断した。しかし、二十年前とおなじ店だということは、少しずつはっきりしていった。当時の店主だった立花平吉のことが、日野の記憶のなかによみがえった。当時の立花平吉は五十代なかばだった。

新谷とふたりで客になったとき、立花平吉は新谷の隣にすわり、一枚の写真をテーブルに置いた。白黒の四つ切りのプリントだった。あんたたちはこういうものが好きだろうと思って、自宅で探して持って来た、と彼は言った。そしその写真について説明した。

「真理子が住んでたアパートのすぐ前は、いまでは高架だけれど、それ以前は大きな踏切だったんだよ。総武線の線路は新小岩から東が地表にあって、市川もそうだった。だから踏切だよ」

と、彼はテーブルの上の写真を指さした。

踏切の写真だった。大勢の人たちが踏切を渡っていた。こちらへ向かって来る人たちと、向こうへと渡っていく人たちとの境目を、ひとりの青年が大股でこちらに向けて踏切を渡っていた。

「大学を卒業する年の七月の俺だよ。白いワイシャツの腕をまくり、黒い革の鞄をかかえ、黒いズボンに下駄ばきさ。下駄だよ。でも、真面目な学生に見えるだろ」

「いい写真ですね」

と新谷が言った。

「被写体がいいんだ。いちばんいいのは、踏切だよ。いまの高架だったら、こんな写真は撮れっこない」

この踏切が高架になったのは一九七二年のことだったという。踏切から連想して、平吉はさらに語った。

「踏切と言えば、市川の駅をはさんで、第一と第二のふたつの踏切があったんだ。あれは構内踏切と呼ぶのかなあ。本八幡側が第一で、小岩側が第二でね。その第一踏切を歩いてる俺の写真もあるんだ。探して見つけて、持ってきておく。早稲田に入った年の五月だね。いまでも覚えてる。学生服にこのおなじ鞄を下げて、黒い革靴を履いている。大学生たちは、学生さん、と呼ばれてた時代さ。この写真よりもっと真面目な顔をしてる。頬がこけててさ。第一踏切を南へ向けて歩いてるんだけど、当時は駅の北側が繁華街だったんだ。南口にはなにもなかったよ。マーケットと餃子の店くらいだな。マーケットでは外国のキャンディを買って、いつも鞄に入れてたよ。餃子の店はうまかった。北口から南口へ出るには、五本の線路の上をまっすぐに越えていく通路もあったな。餃子の店ではよく食べたから、第一踏切を渡ってる写真の俺は、ひょっとしたら餃子の店へ向かってたのかもしれない」

思い出しながら日野はコーヒーを飲み終えた。メニューを手に取って開いてみた。カレーライスが一種類、二ページを使って提示してあった。豚肉と野菜を煮込んだポーク・カレーだという。添えてある説明の言葉を彼は読んだ。最後の文章は、軽いお食事に絶品です、というものだった。自家製ピクルズがついてくるという。

ポーク・カレーやピクルズとの関係を、日野は真理子の記憶のなかに探してみた。関係はなにもなかった。小一時間その席にいたあと、日野は立ち上がった。伝票を持って支払いのカウンターへ歩いた。さきほどの女性が応対した。

「お店のかたですか」

と日野は訊いてみた。

「母の喫茶店なのですけれど、今日はいませんので私が手伝っています」

と彼女は端正に答えた。

母の、と彼女は言った。ということは、この若い女性は、そのお母さんの娘だ。そしてその娘は、かつての立花真理子にそっくりだ。彼女は真理子の娘だ、というさきほどの自分の推測は正しかった、と日野は思った。

「コーヒーはおいしかったです」

という日野のひと言に、目の前の女性はごく淡く微笑した。目もとや口もとが、ひときわ真理子に似た。

「カレーライスが絶品だとメニューにありますが、本当ですか」

という日野の言葉を受けとめて、彼女はまっすぐに日野を見た。そしてきわめて穏やかな口調で、

「ご好評をいただいています」

と答えた。

「今度、食べに来ます」

という彼の言葉に対しては、

「お待ち申し上げております」

という返事があった。

2

固定電話の呼出し音が鳴ったからそれに応答すると、

「久しぶりだ」

と中年の男の声が言った。その声と口調に日野修平は聞き覚えがあった。

「新谷か」

と日野は言い、

「俺だよ」

と新谷は答えた。

「久しぶりだ」

と、日野は新谷とおなじ言葉を返した。

「この電話は長くなるよ」

と新谷は言い、

「歓迎だ」

と日野は応じた。

「電話をかける前に、思い出してみたんだ。お前に俺から長電話をしたことは、一度もないね」

「二十年になるか」

「おたがいにまだ二十代だった」

「いまや四十代だよ」

「それもあと二年で終わる」

と、新谷は言った。そして、

「どうしてるんだ」

と訊いた。

「変わらない。二十年前とたいして変わらない」

「その二十年間、会わなかったね」

「三十過ぎても会ってたよな」

と日野は言い、次のように補った。

「俺が忙しくなったのがいけない。小説でデビューしたのが三十四歳のときだ。デビューする前も、してからも、大変だった」

「そうか」

「いまでもお前は神保町か」

「新しいバーが出来たり、いつのまにかつぶれたり。店はいろいろあるよ。うろつくのに不足はない。あまりにも久しぶりだと、電話の会話もとりとめないね」

と新谷は笑いながら言い、

「独身のままだって?」

と日野に訊いた。

「そうだよ」

「俺もひとりだ」

と新谷は言い、

「いまは。そしてそのいまは、もうかなり長くなる」

とつけ加えた。

「奥さんはどうしたんだ」

「どこでどうしてることやら。風の便りも届かない」

「いっしょに住んでた人だよな。いつかお前の自宅へいったよ。市川の」

「あの人の前の人」

と新谷は言い、

「結婚はもうこりごりだ、金輪際ごめんこうむりたい」

と言って笑った。

「子供は？」

「いなくてよかった。以前とおなじ家に住んでるんだよ」

「市川の」

「そうだよ」

「古風ないい一軒家だった」

「いまから十年前に、買ってくれないかと大家に頼まれてね。それまで格安で貸してくれてたから、多少の無理をして買い取ったよ。いまは自分の家だ。以前とおなじ家に住んでるから、立花真理子さんの叔父さんが経営していた喫茶店まで、のんびり歩いて七、八分だ。お前もよく知ってるよな。俺はずっとあの喫茶店の常連だよ。立花さんが結婚する前から。つい先日も、夜のまだ早い時間に、あの喫茶店へいった。お前のことを娘から聞いて、すぐにお前だとわかった、と立花さんは言ってた」

「母の喫茶店です、と若い女性が言った」

「真理子さんの娘だよ。いま二十一歳かな。お前のことはママに話したそうだ。ママとは立花さんだよ。ママを知ってる中年の男の人がコーヒーを褒めてくれて、今度はカレーライスを食べに来ます、と言ったそうだ」

「立花真理子さんは、いまはあの喫茶店を経営してるのか」

「叔父さんの立花平吉さんから引き継いだのが、三十二歳のときか。俺もお前も立花さんも、おなじ年齢なんだよ」

「編集者をやめて神保町のバーのホステスになり、すぐに消えた。結婚したと教えてくれたのは、お前だ」

「そのあとの展開を、お前は知らないんだよ。俺と会ってないから」

「教えてくれ」

「真理子さんの父親に対して、伯母さんの発言力が強く、あるときからしきりに見合いを勧めるようになったのだそうだ。あまりにうるさいので、とにかく会うだけ会う、ということで見合いした。地方都市の開業医で十歳年上の男性だ。そして立花さんはその人と結婚してしまった。これには驚いたよ。みんな不思議がってた。しかし、聞いてみれば、なんということはないんだ。喫茶店の叔父さんから俺はみんな聞いた。お見合いで会ったとたんに、おたがいに一目惚れで、すぐに結婚し、次の年には娘が出来た。恵理子《えりこ》さんというんだ。真理子さんが三十一歳のときに夫が心臓の不調で急死した。婚姻関係はそこまでだから、娘は真理子さんが引き取り、市川に戻り、ほどなくあの喫茶店を叔父さんから引き継いで、真理子さんが経営することになった。現在でもそれは続いている」

「そういう展開だったか」

「あれから二十年とは、一例としてこういうことだよ」

「知らなかった」

「急死したご主人のお母さんが、理屈のとおらないことは出来かねます、というタイプの人で、真理子さんは相続に関してはすべて放棄したので、娘の恵理子さんに毎月、養育費のごく一部分として、振込を続けることになったのだそうだ。毎月の額は大したことないけれど、まったく手をつけてないから、いまでは一千万円を越えているそうだ」

「あれから二十年、とお前はいま言ったけれど、十八年目あたりから、ときどき思っては、気になり始めた。いったいどうなったのか、どこでなにをしてるのか、というようなこと」

「真理子さんをめぐってか」

「お前も含めて、あの頃の状況ぜんたい。二十年だからかな。いったいどうなったのか、という思いは、二十年という年月と均衡している」

「だから市川へいってみたのか」

「焼き鳥の店はもうなかった」

「とっくにないよ」

「処方箋薬局のあるところだろう」

「位置はな」

「銭湯は駐車場だった。真理子さんの住んでたアパートは、五階建ての集合住宅になってた」

「ここに住んでたんだよ、とお前に教えたっけな。俺は喫茶店の叔父さんから教わった。お前が突然にあらわれたことを、真理子さんは喜んでた。俺にとって、あの喫茶店は、市川の駅からの帰り道の途中だよ。今度はお前にカレーライスを食べてもらえると言って、真理子さんは喜んでた。あのカレーライスは、娘の恵理子さんの作品だ。恵理子さんは料理の道に進みたいと言っている。店でお客に料理を出すのは、あのカレーライスが最初だそうだ。いろんなカレーを作ってみて、いまのカレーに落ち着いたそうだ」

「ポーク・カレー、とメニューにはうたってあった」

「豚肉と野菜がじつにうまく煮込んである。トマトが効いている」

「お前はそのカレーライスを、いつも食うのか」

「週に一度かな。夕食だよ。自宅に帰って、冷蔵庫にあるトマトとレタスをサラダにして食う」

「真面目だね」

「そうさ」

「酒は？」

と日野は訊いた。

「自宅では飲まない」

「なにしてるんだ」

「本を読んでる」

「漫然と本を読むのも、つらいだろう」

「メモしてる。専用のノートに」

と、新谷は言った。

「A5がいちばんいいかな。気になるところを、出来るだけ短く引用する。これは縦書き。自分のコメントを書き添える。これは横書き。どちらも万年筆で」

「面白い試みだ」

「ノートはもう何冊にもなってる。本にまとめようかな、という気持ちが起きてきた。興味を持ってくれる出版社はいくつかある」

「セレナーデ文庫は？」

という日野の問いに、

「書いてるよ」

と、新谷の返答は屈託がなかった。

「これは経済的な理由が大きい」

「盆と正月か」

「よくわかるね。二冊ずつ書くと、なんとかなるんだ」

「あの社長は元気か」

「津村大三郎《つむらだいざぶろう》さん。元気だよ。生まれたときの体が大きかった三男なので、大三郎という名だそうだ。真理子さんが編集者をやめてホステスとして働いた神保町のバーは、津村さんが経営していた。賑やかないい店だった。いけばかならず、親しい誰かがいたっけ」

「待ち合わせの場所に指定されることも多かった」

「あの頃すでに、セレナーデ文庫は、書店の棚一段がいっぱいになるほど、点数があった。知ってのとおり、エロティックな内容の、わかりやすい書き下ろし小説のシリーズだよ。ファンはついてる、書き手がいい、それに女性の読者が意外に多い、というようなことを、なにかの秘密を俺だけに打ちあけるかのように、あのバーのカウンターの片隅で津村さんに言われたときのことを、いまでも俺は覚えてるよ。セレナーデ文庫に書かないか、と誘われたとき」

「年に四冊か」

「どうってことないよ」

「そうか」

「俺もお前もおなじフリーランスのライターだったけど、お前は作家になったしなあ。あの頃が、作家への助走路だったのか」

「そのように意識したことは一度もない」

「俺が編集プロダクションを始めたのは、知ってるだろう。三十を過ぎてからだから、十六、七年になるか。こけつまろびつ」

という新谷のひと言を受けて、

と日野は言ってみた。

「青息吐息か」

「そんなとこかな」

「火の車」

「うーん」

「食うや食わず」

「まだそこまではいってない」

と、新谷は笑いながら答えた。

「社員は三人だよ」

と彼は続けた。

「三人とも女性で、優秀でね。まかせておける。アイディアは豊富で的確だし。高給で遇してるよ。だから俺がオフィスで雑用を一手に引き受けてる。PCに張りついてモックを作ったり。モックって、知ってるか。モックアップだよ。最近では京都の本でモックを作った。ある作家と飲んでたら、ふともらしたひと言があってね。京都の、御所南、と呼ばれてる区画がもっとも京都らしくて、母親がひときわ好いてたから、幼い頃には母親に手を引かれて、御所南を何度歩いたかわからない、と言うんだ。そのひと言に社長としては閃いたね」

「その社長とは、お前のことか」

「逃げも隠れもしない、この俺だよ」

と新谷は答えた。

「御所南、という文庫本を京都のガイドブックとして企画し、出版社に提示して会議は難なく通過した。さっき言った三人の女性たちのうちのひとりに、取材からなにからすべてまかせたら、素晴らしいものが出来た。最終的に出来上がる文庫本とほとんどおなじモックを俺が作った。出来上がりをあらかじめ手に持てるのだから、編集者にとってはわかりやすくていい。そんなことをやって二十年だ。場所はいまも神保町。オフィスと、そこから歩いて三分のワンルーム。帰れなくなったとき、そこに泊まる」

「それはいい」

「会いたいね」

「なかなか会えなかった」

「そっちは作家だし、頼む仕事はないし。作家たちのアンソロジーの制作を委託されたとき、お前の文章が候補に上がったけれど、最終的な選にもれた。あのときは、電話をしようかな、と思ったけれど。この二十年に関して、伝えるべきことはだいたい伝えたかな」

「あとは会うだけだ」

と日野は答え、

「久しぶりにな」

と新谷が言った。

*3*

白木のカウンターはLの字のかたちをしていた。長い辺のまんなかの椅子に、新谷時雄と日野修平がならんですわっていた。L字の角を越えた向こうには、中年の男女の客がひと組いた。新谷と日野の手もとには、冷や酒のための小さなグラスがそれぞれあった。男の掌に心地よくおさまる大きさのグラスだ。底が分厚い。その分厚さによる重みは、単なる持ちやすさを越えて、手に取ることじたいが快感であるような感触を作り出していた。

日野と新谷とのあいだには、冷や酒の入った器がひとつあった。ふたりはこの器から、それぞれのグラスに酒を注いでいた。日野の手もとにはグラスだけが、そして新谷の手もとには、おなじグラスのほかに、やや広口の、薄いガラスの小さな容器があった。なかにはレモンが搾ってあった。その容器を指先に持ち、唇へと運び、なかのレモンを少しだけ嘗めるかのように、新谷は口に入れた。そして容器をカウンターの白木に置いた。その動作を日野は見ていた。

「うまそうに飲んでるね」

と日野は言った。

「最高だよ」

と新谷が答えた。

「いまの境地かい」

日野の言葉に新谷はうなずいた。

「たどり着いたね。とは言え、まだ途中だ」

「なにを思ってるんだ」

と、日野は訊いた。

「俺かい」

「そう」

「いまの俺かい」

問い返した新谷に日野はうなずいた。新谷はしばらく考えた。そして、

「大根おろしについて思う」

と答えた。

「そうか」

「大根おろしも、この酒によく合う」

と新谷は言い、日野に顔を向けた。そして、

「大根おろしは知ってるよな。おろしがねでおろした大根のことだ。卸し大根、とも書く。おろしがねは、下ろし金だ。大根や生姜などをすり下ろすのに使う、とげのたくさんある金属製の器具だ」

「大根おろしも注文しようか」

という日野の提案に、新谷は首を振った。

「今日はこれにしておく。とは言え、久しぶりだなあ」

と新谷は言い、

「こうなるとは」

とつけ加えた。

「こう、とは？」

「もう四十八だよ」

「俺もおなじく」

「たいして変わってないね。俺はいまだに、ポロ・シャツに茶色のジャケットだし。お前と言えば、長袖のTシャツの上に黒くて薄いナイロンのウィンド・ブレイカーで、迷彩のカーゴ・パンツにトレッキング・ブーツだ」

と言ったあと、自分の酒のグラスを指先で示し、

「水羊羹もいけるんだ。こし餡でもつぶ餡でもいい」

と言った。

「酒はやや甘口か」

「わかってるじゃないか」

「いまふと想像出来た。頭のなかにではなく、口のなかに」

「冷やでも熱燗でもいい」

「季節は冬かい」

「冬にしようか」

「外では粉雪が降り始めている」

日野の言葉に新谷は笑った。

そして、

「ときどきはお前のことも話題になったんだよ」

と新谷は言い、次のように続けた。

「お前の小説は読んでるようだ。もとは編集者だもんなあ。その編集部を辞めて津村さんのあのバーに勤めることになったのは、津村さんからぜひにと熱心に口説かれたからだそうだ。真理子さん当人から聞いた」

「ある日の夜、あのバーへいってカウンターの席にすわったら、目の前に彼女が来て、先週からこちらです、と言ったんだ。あのときは驚いた。あのバーにはホステスがたくさんいたね」

「全員が夜ごと出勤するというわけではなく、シフトがあったようだ。津村さんがいろんなところで見つけては、ぜひにと口説いて集めたホステスたちだ。しかし、いまはもうあの店はないよ。水道橋の駅のすぐ近くにもう一軒、津村さんは店を持っていて、そこはいまでも営業してるそうだ。昼間は喫茶店で、夜は常連たちがあつまるバーになる」

「セレナーデ文庫にいまでも書いてるとは」

「あの文庫は創刊してから三十年だよ。初めは夜想叢書という名前だった。しかし読めない人が多くて、津村さんはあきれたそうだ。取り次ぎの担当ですら、ヨソウギョウショと読んだから、セレナーデ文庫に変えたという話を、いつだったか聞いたな」

「立花真理子さんとの結婚は考えなかったのか」

「俺がかい」

と訊かれて日野はうなずいた。

「すでに言ったとおり」

と、新谷は念を押す口調になった。

「結婚に関しては、もうこりごりだ、金輪際ごめんこうむりたい、という方針をつらぬきたい。相手の女性が誰であっても」

「では、結婚は別にして、男と女の関係は？」

日野の言葉に首を振りながら、

「それも嫌だよ」

と新谷は言った。

「たとえば、いまから五年前に場面を想定しようか。ひとり娘の恵理子さんは十六歳だよ。しかも母親の真理子さんといっしょに住んでいる。喫茶店の営業を終わったあと、真理子さんが娘になんらかの嘘をついて、俺の家へ足早に向かう、という場面を想像してみろ。嫌だよ、そんなの」

新谷は酒のグラスを指先に持ち、唇へ持っていき、なかの酒をすべて口のなかに入れた。その酒を飲み下し、グラスをもとの位置に置いた。

「お前があらわれてくれて、ほんとにほっとしている」

と新谷は言い、言葉を続けた。

「立花真理子さんがあの喫茶店を引き継いでから十六年になる。十六年間、一定の距離を保ちながら、見守るとは言いたくないけれど、ふと見ればあの喫茶店のどこかにいて、コーヒーを飲んでいる昔なじみの男、という役を俺ひとりで続けるのは、つらかった。しかしお前があらわれたからには、これからは俺とお前のふたりだ。お前は人とのあいだに一定の距離を保ち続けるのが、うまいよな。なにごとにつけても、お前なら安心だ」

搾ったレモンの入ったガラスの容器を顔の前にかかげ、新谷はなかのレモン汁を点検する目で見た。

「見ればわかるとおり、立花真理子さんはいい状態なのだろう。顔や体に出てる。今日、ここへ誘おうかと思ったんだ」

新谷はレモンの搾り汁の入ったガラスの容器を指先に持った。そしてなかのレモンを少しだけ口に含み、容器をもとの場所に置いた。そして次のように言った。

「いろいろ考えて、それはやめた。まずカレーライスだ。あの喫茶店で落ち合い、ふたりでカレーライスを食おう」

「絶品のな」

「ほんとにうまいよ。カレーライスを店で出した初日に俺は客になった。カレーライスにはうるさい人たちを何人も知ってるから、その人たちに頼んで味の修正をしなくてはいけないのかな、と思ったのはまったくの杞憂だった。初日から三日続けて、俺はあの喫茶店でおなじカレーライスを食ったよ。そのことはいまでもはっきりと覚えてる。あのカレーライスは恵理子さんの作品だということは、電話で話したよな」

「俺にもレモンをくれ」

と日野が言った。搾り汁の容器を新谷は示し、

「飲んでくれ、ぜんぶ」

と言った。

日野はレモンの搾り汁を容器から飲みほした。そして自分のグラスから冷や酒を飲んだ。

「うまいだろう」

「あのカレーライスに合うかもしれない」

「カレーライスの本は、プロダクションで受けてたくさん作った。東京カレー地図。東京カレー探検。東京はカレーで大満足。カレーのあとコーヒー、それが東京。中央線カレー日和、という本もあった。御所南のガイドブック以来、京都の本は文庫でシリーズになった」

「忙しいね」

「なにかやってくれよ。お前ひとりの名前で、題材は京都。一冊くらい書けるだろう。京都の喫茶店のめしの文庫を作る。喫茶店ではなくて、カフェか。めし、と言ったら叱られる。ランチだね。カレーライスと卵サンドだよ、中核をなしてるのは。いろんな企画が挙がってる。京都でひとり歩く道、とか」

「俺が知らずにいたことを、すべて新谷が教えてくれた」

「焼き鳥の店は見つけてある。いつでも案内する」

「知らないとは、そこが空白のまま、ということだ」

「二十年間が空白だったわけだ」

「二十年には二十年分の進展があるはずなのに、知らないから空白のままで、その空白の向う側にとどめられたまま、現在までたどり着けずにいた」

「二十年だからなあ。とは言え、たいしたことはないか」

「お前のおかげで、すべてよくわかった」

「だからカレーライスだよ。カレーライスの本を何冊も作る過程で、俺はカレーライスについて理屈を考えた。語っていいか」

「聞かせてくれ」

「ひとりの男がスプーンを一本持ってひと皿のカレーライスと対峙するとき、そのひとりの男は、いまこの自分、という種類の現在なんだよ。彼の過去がおおむね肯定されたものでないことには、その現在の居心地は良くない。だから良きカレーライスというものは、ひとりの男が持つ過去というものを、少なくとも帳消しにする能力は持っている。まあなんとかこまで来た、充分じゃないか、と肯定することの出来る過去は、現在の居心地を良くする。明日、明後日、ひと月先、三か月先もまあ、大丈夫だろう。半年たてば季節は変わってしまう。いまは暑い盛りだけど、半年後は大雪で電車が止まったりしている。そんなとき、まず腹に入れておきたいのは、カレーライスだろう。肯定された過去と、まあなんとか大丈夫だろう、という前方への見通しの中間に、いまここ、という現在がある」

「そしてそれは、カレーライスか」

という日野の言葉に、新谷は応じた。

「カレーライスは、俺の理屈では、現在そのものなんだよ」

# 遠慮はしていない

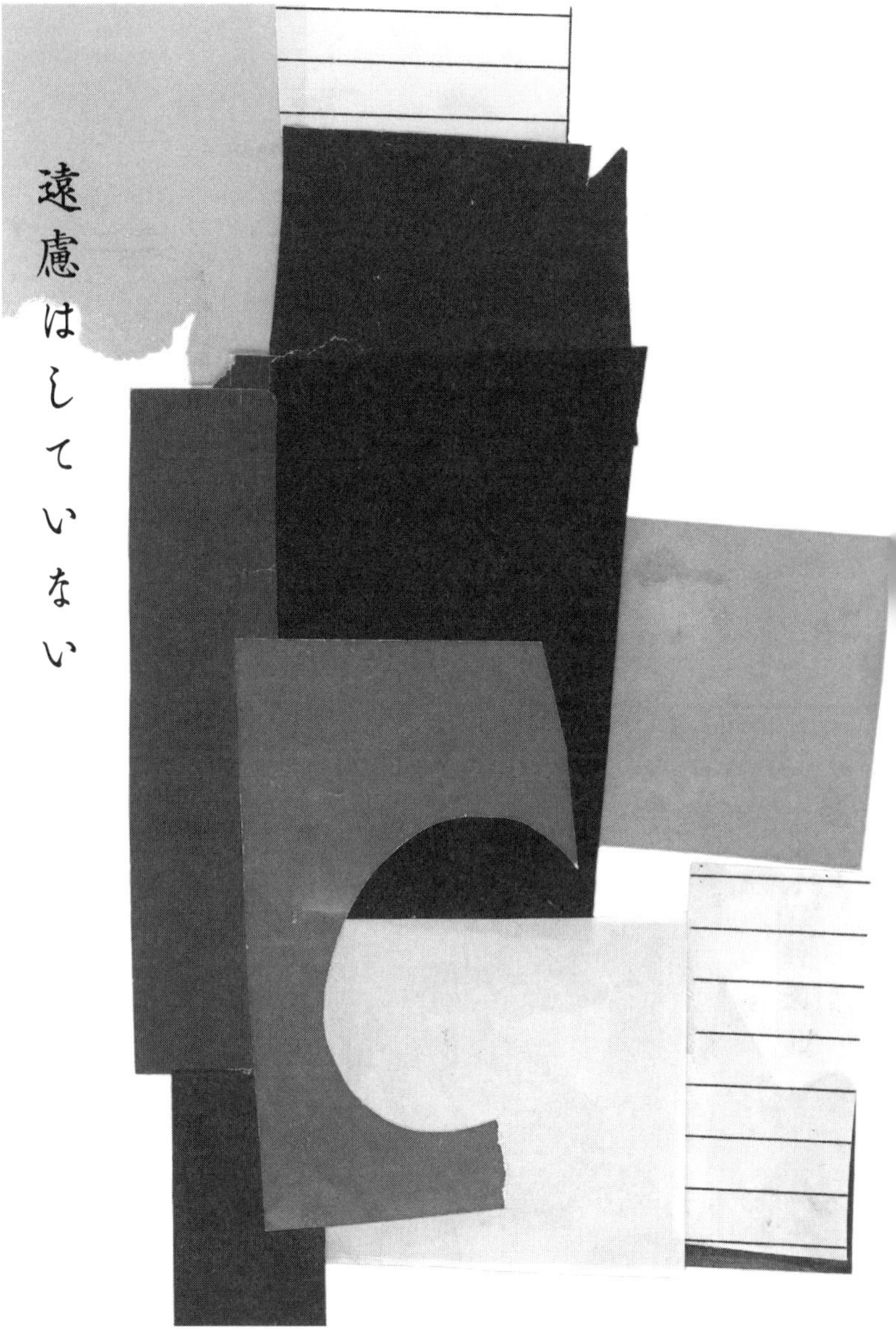

豪徳寺で彼は各駅停車を降りた。プラットフォームから階段を下り、改札のゲートを抜け、道を斜めに横切って、坂本雄二《さかもとゆうじ》は路地に入った。突き当たりが世田谷線の山下という駅だった。路地に面した書店の前を通りすぎているとき、坂本は強く雨を感じた。気圧の変化はいきなり明確だった。全身の感覚が、接近しつつある雨をとらえた。歩いていく自分を包む空気のなかに、雨の匂いが急速に満ちていくのを、坂本は受けとめた。確実に雨になる、と彼は思った。

三十歳をすぎた頃から、坂本は雨の接近に対して、敏感になった。その敏感さは正確さと同居していた。三十六歳のいま、敏感さも正確さも、おそらく頂点なのではないか、と彼は思った。山下の駅で踏切を渡り、向こう側のプラットフォームへ彼は上がった。そして電車を待った。

ごく淡いブルーの麻のジャケットの下は、薄い生地のマドラスの半袖シャツだった。ボトムズはチーノで、履いているのはもっとも軽度なトレッキング・シューズだった。もっとも軽度とは言っても、分厚く頑丈なヴィブラムの底は彼の信頼に応え、アッパーは深い褐色の皮革だった。迷彩柄の靴紐を結んでいた。

専用軌道を走行する二輛連結の電車がやがて来た。彼はそれに乗った。乗るとすぐにＩＣカードで料金は引き落とされた。空《す》いている時間だった。進行する方向に向けて左側の、ひとり用の席に彼はすわった。腕時計を見た。午後一時までにあと十二、三分だった。すぐに松原という駅で、次がこの電車にとっての、終点および起点となる下高井戸の駅だった。

停まった電車から彼は外に出た。改札のゲートはなく、駅の構内を出るとそこはすでに商店街だった。その商店街は南に向けてゆるやかな下り坂だった。空気ぜんたいがもはや雨ではないか、と思いながら坂本は空を見上げた。彼は南へ歩いた。ほんの数歩で左側に建物の入口があり、入口はただちに急な階段の始まりだった。彼はその階段を上がっていった。

数段だけ上がったとき、外の商店街から、いきなり、異様な物音が彼を背後からとらえた。その物音のなかに自分のぜんたいが呑み込まれるのを感じながら、彼は階段の上で足をとめた。そして左肩ごしに商店街を振り返った。この異様な物音がなにの音なのか、とっさにわからなくてはいけないのだが、と思いつつ彼が見たのは雨だった。

空のぜんたいが大量の雨水となり、それがあるときいきなり、すべて地上へ落ちて来たような、突然の、すさまじい豪雨だった。彼に見えている道やその向こうの建物など、すべてが雨のなかにあった。路面を数センチの深さで雨が流れた。聞こえ続けている異様な物音は、大量の雨水が路面や建物など、あらゆる物を叩くときの音が、ひとつに重なったものだった。他の音すべてをその音は遮断した。衝突しては跳ね返り続ける雨の量の途方もない多さが、そのような音を作っていた。右手を壁の手すりにかけ、上体を左に捻った姿勢のまま、坂本はその豪雨を見た。

薄い生地のバギー・パンツの白いTシャツの青年が、うつむいて雨のなかを小走りに、坂本の視界のなかを通過した。青年はずぶ濡れだった。もはやこれ以上には濡れる余地のないTシャツとバギー・パンツが、さらに雨をとらえた。何人かの人たちが、左右ふたつの方向へ、豪雨のなかを走った。どの人も、頭から足もとまで、いったんは水没したかのように、濡れていた。

青年とは反対の方向へ、若い女性がひとり、歩いていこうとしていた。半袖のシャツは水の膜のようになって彼女の体に張りつき、ふたつに折ったトートバッグを左手で頭上にかかげていた。腰ぜんたいを包んで足首まで、本来ならふんわりと軽く巻きついているはずの、白いレースのような長いスカートは、そのあらゆる部分が水につかったようであり、白い生地は濡れて彼女の両脚に巻きついてからめ取り、その当然の結果として、彼女はほんの数センチずつしか、豪雨のなかを歩くことが出来なかった。宅配便の制服を着た男性が、台車を押して彼女に駆け寄った。台車に乗るように、彼女に手ぶりで伝えた。彼に手をとられて彼女は台車に乗り、ふたりとも存分に濡れながら、坂本の視界の外へ出ていった。豪雨とその音は続いた。

坂本は急な階段に向き直った。豪雨とその音は背後から聞こえ続けていたが、二階まで延びている階段は、その傾斜が急であることを別にするといっさいなんの問題もなく、彼がそこを二階まで上がっていくのを、静かに誘っていた。坂本は階段を上がった。

ガラスのドアを引いて開き、彼は店に入った。コーヒーの香りと喫茶店の店内の匂いのなかに、豪雨の匂いはまだ思いのほか希薄だった。空気は冷房で心地よく冷えていた。ドアのすぐ前にひとり用の席があり、その奥にふたり用のテーブルがあった。どちらにも客がいた。段差をへてそこから左側に、店のスペースが奥に向けて広がっていた。

左手のカウンターに客がふたりいた。右の窓に沿ってならんでいるテーブルでは、まんなかのテーブルに男性のふたり客が、差し向かいで話をしていた。手前のテーブルに、窓を背にして、坂本は席を取った。カウンターのなかの調理場に女性がふたりいた。そのうちのひとりが冷たい水の入ったグラスを、彼のテーブルまで持って来た。視覚では冷たい水の満ちたひとつのグラスを、そして聴覚では、うしろの窓の外で続く豪雨の音を、坂本はとらえた。カレーライスは一種類だけだった。すでに何度か、彼はそれを食べていた。お気に入りだった。コーヒーはブラジリアン・フレンチを注文した。コーヒーはお食事のあとになさいますかと訊かれた彼は、同時にお願いします、と答えた。

豪雨の音が続いていた。これほどの音とは、これほどの雨ということに他ならない、と彼はひとりで思った。外の景色を見たい、と彼は強い気持ちで思った。この気持ちは切望と言っていい、と思いながら彼は振り返った。窓の磨りガラスが彼の目の前にあった。

坂本は腕時計を見た。吉野《よしの》リリハという女性との待ち合わせ時間から、十二、三分が経過していた。すぐ近くに住んでいる、と彼女は言っていた。この喫茶店まで歩いて七分くらいだと言っていたが、この雨だとずぶ濡れになるまでに、三秒とかからないだろう。傘はあってもなくてもおなじだ、と坂本は思った。間もなく電話があるのではないか、と彼は重ねて思った。


フリーランスのライターである坂本雄二が引き受けて進行させている仕事のひとつに、一冊の単行本をまとめる仕事があった。

「坂本くん、やってくれないか」

と、その出版社の編集長に頼まれたとき、その企画はすでに成立していた。会議で編集長が熱弁をふるい、企画として通したことを、編集者から坂本は後日に聞いた。

「どこかに連載してもいいけれど、アイディアとしては単行本だよ」

と言い、編集長は内容とその方針を説明した。

「幅広く選んだ何人かの女性をひとりずつインタヴューする。話を聞く。どんな話か。彼女たち一人ひとりが、どのような毎日を生きているのか。彼女にまつわるいくつもの事実を単につなぎ合わせたものではなく、自分のいまの状況について語る彼女たちの言葉のふとしたところに、一人ひとりの息づかいのようなリアリズムが出せるといい。生活をどうやって支えているのか。日常はどんなものなのか。なにを思っているのか。楽しいのか。楽しくないのか。事実をならべていくのではなく、あるときふと感じさせる彼女たち一人ひとりの体の量感の奥行きとか、なにげなさそうに見える微笑の裏の息づかいとか。彼女たち一人ひとりの言葉に、それを感じさせたい」

と、四十代なかばのその編集長は語った。彼の言葉のなかに、息づかい、という単語が二度、出てきた。

「おっしゃることは、よくわかります」

と坂本は答えた。

「四百字詰めの原稿用紙に換算して、ひとりにつき三十枚かな。八人で二百四十枚。七人から八人でぜんたいは二百五十枚くらいにして、一冊にまとめる。彼女たちの写真や名前はもちろん、所属している組織や団体の名称など、この人が誰であるかを特定出来るような情報はいっさい出さない。しかし、そのかわりに、息づかいはリアルに」

三度目の息づかいという言葉に、坂本は笑顔になった。取材を含めてすべてを、彼は一任された。原稿の締切りはごくおおざっぱに言って半年後、ということだった。坂本がその仕事を引き受けた三日後、そんな女性たちがいったいどこにいるだろうか、と改めて思い始めていたら、編集長から電話があった。

「ひとりいる。アイデンティティがアノニマスに保たれるなら、取材も本の一部になることも、ＯＫだそうだ。ハワイアンセンターのフラ・ダンサー。高校を出て五年だというから、いま二十三歳か。ダンサー以前は、経理関係の地味な会社勤め。話はすぐに通じるようになってるから、会ってくれないか。いまは休暇中だそうだ」

連絡先の電話番号だけが、編集長からEメールで坂本に届いた。携帯電話の番号だった。彼女の名は吉野リリハといった。彼女の名前のあとに編集長は、（本名）とつけ加えていた。

坂本は彼女に連絡をした。平日の午後に下北沢の喫茶店で会い、話を聞いてみた。リリハは頭脳明晰な明るい女性だった。化粧映えのする顔だちは舞台に向いている、と坂本は思った。ひととおりの話が終わったあと、彼女がいま住んでいる場所である下高井戸について、彼女は語った。カレーライスのおいしい喫茶店がある、と彼女は言い、次はそこで遅いお昼でも、と誘われて約束したのが、今日の午後一時、この喫茶店だった。坂本は以前からこの店を知っていた。

フラ・ダンサーになるまでの経緯を中心に坂本は話を聞いた。彼の訊くことすべてに、必要にして充分な具体性のなかで、彼女は言葉をつなげた。リリハが語ったことのなかで、坂本にとってもっとも面白かったのは、次のような内容だった。

「家族連れで遊びに来る客が多いのよ。そのなかで、幼い女のこたちに好かれるかどうかが、私たちにとっては、いちばん重要なことなのね。まだ幼い女のこたちに好かれないと、どうにもならないわね。幼い女のこたちに好かれるとはどういうことかというと、私もフラ・ダンサーになりたい、と真剣に母親に言わせることなのね。面接は何歳からですかと、切羽詰まった表情で訊きに来る母親が、じつに多いのよ。幼い女のこたちが真剣になりたがるのがフラ・ダンサーであるなら、私たちのこの仕事はまず成功してると言っていいのね。むっとした表情でじっと見てるお父さんたちなんか、どうでもいいのよ」

見る人をつき動かすような、華やかに連続する明るい動き。気持ちをとらえて離さないリズムのある音楽。舞台で踊る全員への注目。ダンサーたちの笑顔のなかで次々にきらめく瞳や唇。というようなことのすべてが、幼い女のこたちを夢中にさせるのだ、とリリハは説明した。

自分の名前の由来についても彼女は語った。「両親が新婚旅行でハワイへいったとき、ホノルルの路線バスの行き先表示にＬＩＬＩＨＡとあるのが印象に深く残って、やがて生まれた私という娘の名前になったのよ。片仮名でリリハと書いて、本名。意味はあんまり良くないみたいだけど」そう言って彼女は屈託なく笑った。

カレーライスとサラダの小鉢、そしてコーヒーが彼のテーブルに届いた。雨の音はなんら変化のないままに続いていた。豪雨、というありきたりの言葉をこの雨に当てはめてもいいのだろうか、と思いながら、彼は腕時計を見た。吉野リリハとの待ち合わせの時間から、十五分以上が経過していた。

彼はまずコーヒーを飲んだ。その香りを体内で受けとめたとき、チーノのポケットのなかで携帯電話が振動した。彼は反射的に椅子を立った。ドアに向けて歩きながら携帯電話を取り出して開いた。電話はリリハからだった。

「五分ほど遅れて店に着くつもりで歩いてたら、いきなり降り始めたのよ。こんな雨は、初めて。あ、雨だ、と思ったときには、頭から全身に何度も水をかけられたみたいな状態で、あるかなきかのミニ・スカートは濡れて張りついて、裸以上の裸に見えてたのよ」

リリハはそこまでひと息に喋った。

「半袖のシャツも同様。小さなトートバッグもずぶ濡れ。三歩も歩いたら、全身が水の塊みたいになって、体のあらゆるところから、水が盛大に流れ落ちてるの。目でとらえる視界が水ごしなのよ。髪は濡れて上から左右から、顔を包むの。どうしようと思いながら、三歩、四歩と歩いたらさらに濡れて、店まで五、六分だけどぜんたいはゆるやかな上り坂なのよ。まっすぐ歩いていけばいいだけなのに、流れて来る雨水が脛から膝まで上がって来るのよ。膝まで水につかった、という意味ではなくて、流れて来る水に量と勢いがあるから、脛を登って膝まで届いたということ。これは駄目だ、と思ったの。これほどに濡れた人が店に入って来ても、店の人は困るだろうし、私も困るわ。だから部屋へ引き返したの。あなたは濡れなかったの？　落ち着いてるわね」

「待ち合わせのこの喫茶店の階段を二、三段上がったところで、いきなり降り始めました。まったく濡れてません」

「逆の方向へ歩く私のくるぶしから両膝の裏まで、水が上がるのよ」

「部屋へお帰りになったのですね」

「ドアの前で全身から水を絞って。浴室で服をはがして。ほんとに、はがすのね。脱ぐのではないのよ。熱いシャワーを浴びて、髪を洗って、大きなタオルにすっ裸の体をくるんで、こうして電話してるの」

「雨は続いてますね」

「そこへはいけないわ。カレーライスはどうしたの？」

「テーブルに届いたところでした。カレーライスにサラダの小鉢、そしてコーヒーです」

「ブラジリアン・フレンチでしょう」

「そのとおりです」

「召し上がって。食べ終わったら、電話して」

「この番号へ」

「そうよ。この雨では、とても外は歩けないわ」

「食べ終わったら、電話します」

電話を終えて坂本は席へ戻った。さきほどの続きとしてコーヒーを飲み、そのあとサラダを平らげ、カレーライスにとりかかった。上出来だった。久しぶりではないか、と彼は思った。いつ以来になるのか、ぼんやり考えながら、食べることに気持ちを集中させた。残り少なくなってから、坂本はリリハのことを思った。豪雨で全身がずぶ濡れになった状態の彼女を見たいものだ、と彼は思った。

やがてカレーライスを食べ終えた。コーヒーを飲みほした。二杯目は、と自分に訊いた。そして首を振った。彼は腕時計を見た。次の待ち合わせまで、あと一時間二十分だった。雨の音が聞こえないことに、彼は気づいた。彼は振り向いた。窓の磨りガラスの外へと延ばしたつもりの聴覚は、雨の音をまったくとらえなかった。彼は椅子を立った。ドアへ歩き、外へ出て、リリハに電話をかけた。

「カレーライスを食べてる途中で、雨は止んだようです」

と坂本は言った。

「降り始めたときの逆なのよ。あるとき突然、止むのね。もう陽が射してるわ」

とリリハは答え、

「そして私は裸のまま」

とつけ加えた。

「そうですか」

「熱いシャワーを浴びて髪を洗ったあと、雨を見ながら裸でいたら、服を着るのがなぜかもったいなくて。裸のまま。いまあなたは、どこなの？」

「二階の喫茶店の、ドアの外です」

「お願いがあるの」

「どのような」

「コロッケを買ってきて」

「お安いご用です」

と言いながら、この言いまわしを自分が使うのは、ひょっとしていまが初めてではないか、と坂本は思った。

「そのお店の急な階段を下りて右へいくと、すぐに踏切なのよ」

「そうですね」

「踏切を渡って右側に、コロッケを揚げて売ってる店があるから、買って来て」

「どのようなコロッケを」

と訊いた彼は、リリハが挙げていく種類を記憶した。

「雨は止んでますね。商店街を歩いていく人たちが、のんびり歩いています」

自分の部屋がある建物の場所を彼女は説明した。坂本はそれも記憶した。道順は単純なものだった。

「これからコロッケを買って、すぐにそちらへ向かってもいいですか」

「待ってるわ。裸で」

「はい」

「服を着る気持ちにならないのよ」

「そうですか」

「裸だとは言え、遠慮はしなくていいのよ」

「してません」

「誰に食べさせても好評なのよ」

「コロッケがですか」

「そう」

「では、買いにいきます」

「待ってるわ」

そこで電話は終わった。彼は上体をかがめて階段の下を見た。あの激しかった雨は、いまはどこにもなかった。

席へ戻り、支払いを済ませ、階段を下り、遮断機の上がっている踏切を渡り、コロッケの店の前に坂本は立った。数人の客が列を作っていた。リリハが望んだとおりに、坂本はコロッケを買うことが出来た。ひとつずつ余計に買った。コロッケの入った温かい紙袋を持って、彼は引き返した。踏切は今度も開いていた。記憶しているとおりの道順を歩き、集合住宅の建物の前に出た。リリハの部屋は三階だ。エレヴェーターはなかった。

　表札は名刺ほどの大きさの白い紙で、吉野、とだけ活字で印字してあった。インタフォンのボタンを押した。「はーい」という返事があった。これはすっ裸の声か、と坂本は思い、苦笑した。

「コロッケです」

　と彼は言ってみた。

すぐにドアが開いた。見事な裸の吉野リリハが笑顔で立っていた。深い紺色の地に白く絣模様を抜いた手拭いを、彼女は腰に巻いていた。ひとまわりに一歳だけ加えた年下の、いまは裸の女性に彼はコロッケの入った袋を差し出した。

「念のためひとつずつ余計に買ってあります」

　リリハは袋を受け取り、

「お使いをさせてしまったわね」

　と言った。

「出来るだけ早くにまたお会いして、取材の続きを」

　と坂本は言った。

「連絡するわ」

「待ってます」

　建物を一階へ下り、路地のような道から、表の通りへ出た。商店街の南の端だった。あの突然の豪雨のなかをリリハが歩こうとしたのがこの道なのだ、などと思いながら坂本は、踏切の手前まで来た。遮断機が降りて警報が鳴り、何人もの人たちが電車の通過を待っていた。喫茶店の入口とその急な階段の前を坂本は通過した。カレーライスと豪雨、そしてコーヒーが、一瞬、遠い昔の出来事のように思えた。踏切の手前で右に入ると、そこが世田谷線の駅だった。

　二輛連結の電車が薄暗いプラットフォームに停まっていた。手前の車輛に入ってカードで料金の支払いをし、空いているひとり用の席にすわった。電車はほどなく発車した。坂本は腕時計を見た。時間の経過は予定どおりだった。それは自分がこうして頻繁に腕時計を見ているからなのか。ひょっとして自分は腕時計を見過ぎなのではないか。そんなことを思っていると、降りるべき駅だった。坂本は席を立ってドアへ向かい、停車した電車を降りた。彼はその場に立ちどまり、発車していく電車を見送った。

「駅を三軒茶屋寄りで出て、踏切を渡って信号を左へ。まっすぐいくと公園が線路に沿ってほぼ四角にあるから、その西南の角を左に入ってすぐ」

　坂本を最初に部屋に招いたとき、美也子《みやこ》はそのように電話で説明した。三度目の今回も彼はそのとおりに歩いた。四階建ての小ぶりな集合住宅のアプローチに入り、丁寧に踊り場のある階段を三階へ上がった。エレヴェーターはなかった。山下《やました》、という表札が小さくあるドアの前に立ち、インタフォンのボタンを押した。

ドアのすぐ内側から、「はーい」と語尾を上げた質問のかたちで、女性の声で返事があった。山下美也子の声だった。「おひとり?」と、ドアの向こうから美也子が訊いた。「そうです」と答えながら、なぜこう訊くのか、と坂本は思った。ドアごしでのやりとりの、合いの手のようなものか。

ドアが開いた。自分より十歳年上の女性の、端正に華やいだ笑顔に、彼は招き入れられた。坂本はドアを閉じた。

「オート・ロック」

と美也子は言った。

「鍵を持ってないと締め出されるの。ドアを閉じる前に、オート・ロックの解除は出来るけれど」

トレッキング・シューズを脱いだ坂本は、ごく平凡な間取りのいちばん奥へ歩いた。ヴェランダの手前の、居間のような場所だった。長方形のテーブルにひとりがけの椅子、そしてベンチのほかにには、なにも置かれていなかった。テーブルは魅力的な節がいくつかある、分厚い木製のテーブルだった。こちら側にあるベンチの端に坂本はすわった。

「雨は？　ひどく降ったわね」

と美也子が訊いた。

「僕は喫茶店にいました」

「濡れなかったの？」

という質問に彼は首を振った。

「まったく濡れませんでした」

山下美也子はひょっとしたら自分とおなじくらいの年齢に見えるのではないか、と坂本は思った。基本的には丸顔だろう。目鼻だちは整い、表情には明るさがあった。性格としてもっとも特徴的なのは思いきりの良さであり、表情の明るさはそのことの証明なのではないか、と坂本は思った。

ワンピースを身につけている彼女を坂本は見た。ゆったりしたAラインの広がりに覆われた彼女の体は心地よさそうに見えた。襟が左右から合わさったのち、胸のすぐ下の線で行き止まりになっていた。肩からの広がりとして半袖があり、生地ぜんたいは濃い褐色あるいはブラック・コーヒーの色だった。これを脱ぐときには、どのようにするのか、と坂本は思った。腕を交差させて裾をつかみ、いっきにぜんたいを頭から抜き取るのか。

「このテーブルに向かってこうしてすわっていると、落ち着いた気持ちになりますね」

美也子はテーブルから離れ、全身を彼に見せた。着ている人の体を感じさせる服であることが、はっきりした。

「パナマ織り、と言う生地ですって」

「綿百パーセントですよね。模様がうっすらと見えます」

「小さな四角が規則的にならんでるのね」

「よく見ないとわからないです」

「よく見て」

「襟と両袖の開きかたが均衡しています」

「スカートの左右になぜかポケットがあるのよ。位置はかなり下なの。腕をまっすぐに垂らしたとき、手がポケットに入る位置なのよ」

美也子は両手をそのポケットに入れてみせた。そして、

「コーヒー?」

と、優しく訊いた。

坂本は首を振った。

「遠慮しなくていいのよ」

「してません」

「炭酸だけの冷たいお水」

「ぜひそれをください」

キチンへ歩いた彼女は、その水を満たしたグラスを、すぐに持って来た。彼の手もとに置き、テーブルの反対側へまわり、彼と向き合って椅子にすわった。彼は炭酸だけの冷たい水を飲んだ。

「たいへんＯＫです」

と彼は言った。気持ちに余裕が生まれているのを、彼は自覚した。

「歩いて来ると暑いでしょう」

「ここは涼しいです」

「ひとりここにいて雨を見てたのよ。あんな降りかたの雨は、初めて見るわ。シャワーを浴びる？」

「出来れば」

「出来るわよ」

と美也子は答え、次のようにつけ加えた。

「浴室がどこだか、教えたわよね。ここが浴室だろうと思って、納戸のドアを開けたりしないで」

坂本は水を飲みほし、ベンチから立った。

「タオルは洗面台に出てるわ」

「はい」

「私は」

と言って美也子はドアを指さした。寝室として使っている部屋のドアだった。

トイレットのドアの向こうが、化粧室とつながった浴室のドアだった。彼はそのドアを開いた。タオルが大小ふたつずつ、洗面台に置いてあった。そのタオルを彼は眺めた。そして浴室をのぞいてみた。午後の浴室がそこにあった。

服を脱いでみると、いかに汗をかいているかが、よくわかった。裸になった彼は浴室に入り、シャワーを浴びた。顔を石鹸で洗った。最後は水に切り換え、全身にしばらく水を浴びた。浴室を出てマットの上でタオルを使った。服をまた着るのは嫌だ、と彼は思った。シンクの両側に麻のジャケットとマドラスを広げて置き、靴下は折り畳んだチーノに重ねた。ボクサーパンツだけをはいた。

彼は浴室を出た。居間に美也子はいなかった。寝室のドアの前に立ち、

「美也子さん」

と言ってみた。

「どうぞ」

と返事があった。

ドアを開き、なかに入り、ドアを閉じた。フロアの壁ぎわに置かれた雪洞《ぼんぼり》だけが灯っていた。照度は低く落としてあった。

ベッドの脇に美也子は立っていた。ワンピースの線の美しさが彼女とよく調和していた。

「明かりを消すと、この部屋はまっ暗になるのよ」

「まっ暗だと見えませんね」

「なにが？」

と美也子は訊き返した。

「美也子さんが」

「見えてたほうがいいの？」

「そうです」

「なぜ？」

返答の言葉は慎重に選ばなくてはいけない、と坂本は思った。

「きれいなものは見ていたいです」

「好きなだけご覧になって」

このひと言が合図のようなものだろうと判断した坂本は、美也子に歩み寄った。彼女を両腕に抱きとめた。このワンピースの下は裸だ、と彼は思った。

「もっと暗くしましょうか」

美也子が囁いた。

「よく見えてます」

「服のまま抱いて」

前回が二度目で、その前、前々回が最初だったから、今回は三度目だ。三度とも服を着たままだった、と坂本は思った。そして三度とも服は違っていた。

山下美也子は喫茶店の経営者だ。ここから私鉄を乗り継いで、その喫茶店まで十五分ほどだろうか。私鉄駅の改札を出て、もっとも人通りの多い商店街に入ってすぐに、脇道に入る。五十メートルほどいくと彼女の喫茶店だ。木造平屋建ての一軒で、坂本は二年前にその店を見つけた。入ってみて気に入ったのはコーヒーだけではなかった。店内の造りと雰囲気は彼の好みで、常に美也子がひとりですべてをこなしていた。美也子はいつもパンツ姿にシャツは長袖で、華やぎのある整った顔立ちの、思いのほか静かな女性だった。彼は常連になったが、一定の距離は保たれ、それが快適でもあった。一杯ないしは二杯のコーヒーで時を過ごすほかに、坂本はそこで仕事もした。吉野リリハの語ったことをノートにまとめ直していたとき、この女性はどうなのか、と彼は思いついた。

彼女はひとりで一軒の喫茶店を切り盛りしている。彼女がすべてをこなす。年齢は四十代後半だろうか。日常生活でもひとりなのか。親しい人、たとえば夫は、いるのか。常にひとり、という印象が彼女の持ち味としてある、だから彼女はひとりなのだ、と坂本は結論した。

店で見る彼女には統一感があった。きれいにまとまっていた。正しい、という雰囲気があった。コーヒーの出来ばえは常に良かった。彼女の立ち居振る舞いの美しさについて思っているとき、坂本は彼女の体の良さを初めて意識した。

単行本を彼に依頼した編集長に、山下美也子について坂本は語ってみた。その本のなかで取り上げる女性のひとりとして、彼女は充分に候補になるのではないか、ということについて坂本は語った。その店へコーヒーを飲みにいってみる、と編集長は言った。

俺の判断としてはOK、という返事を数日後に坂本はもらった。取材の提案をしてみてくれ、とも編集長は言った。坂本は美也子の喫茶店へいき、一冊の本のなかに登場する何人かの女性たちのひとりとして考えている、ということについて、熱心に語った。ひどくあっさりと、美也子は彼の提案を承諾した。店が定休の日、火曜日に、どこかで話をしてみましょう、と彼女は言った。

美也子は世田谷線の松原駅から歩いて数分の集合住宅に住んでいた。坂本雄二は東北沢に住んでいた。下北沢の喫茶店でふたりは会い、坂本はいきさつを語った。ひとりの女性が一軒の喫茶店を切り盛りしていく日々について、語れる範囲内で語っていただければ、というようなところから坂本は話を始めた。

「あの喫茶店は母から引き継いだものなのよ。母にとっては、自立の道への、模擬的な試みだったのね。女ひとりが一軒の喫茶店で生きていけるのかどうか、ということ。夫との関係が破綻して離婚にいたる、というようなことはいっさいなくて、それなりにやりやすい相手だったはずよ、夫は。私の父親だけど。だからあくまでも、模擬的な模索だったのね。私はひとり娘で、私が四十一歳のときに父が亡くなって、そのときに喫茶店は閉じてもよかったのでしょうけれど、私が引き継ぐことにしたの。母は水彩を描く人で、いまは出身地の名古屋にいて、水彩で活躍してるわね。水彩画教室の先生。個展。絵葉書のシリーズ。水彩の技法の本。草や樹の葉の描きかた、というような本を書いてるのよ。スケッチ旅行の先生。経済的にはあの喫茶店よりもいいのですって」

自分の金銭的な背景について美也子が語った内容に、坂本はかなりのところまで驚いた。

「父は家を建てるのが趣味だったのよ。平凡な勤め人だったけど、資金を貯めては、それが一軒の家になり得るまでになると、古い民家を土地つきで購入し、家は壊し、自分の設計で建てるの。昔からのつきあいの不動産屋さんがいて、すべてその人を中継して。建てた家は人に貸すのよ。亡くなったときには全部で七軒あったの。相続のために一軒を売却して、残り六軒のうち一軒の賃貸料は母へいくことになっているから、私は五軒の借家の家賃で生活を支えてます。喫茶店は、なにごとかを継続してきちんとおこなうための、枠組みのようなものね。私も母から遺伝してるから、絵を描くのは好きよ。人を描くのがいいわね。特に女性の体。題材として興味深いのよ。なにか困ったことがあれば、自分が裸になって鏡に映して観察すればいいのだし。でも私は、自分が描いた絵をあの喫茶店のどこかに飾ったりは、しないのよ。母はカウンターの奥の壁に水彩画を額縁に入れて掛けて、それが常連の客だった高名な画家の目にとまり、現在の活躍の道はそこから開けたのよ」

美也子はいま集合住宅に住んでいる。五軒ある家のうちどれかを取り壊し、自分の設計で自分だけの小さな家を作ろうと思っている、と彼女は語った。

「この家を建ててから二十年になるわねえ、という感慨が六十代の終わりのものだとすると、建てるのはいましかないわね。目下の思案の種。不動産屋さんは賛成してくれてるわ。代田はどうか、と言ってるのよ。世田谷代田の駅から五、六分のところに三軒あって、そのうちのひとつ。梅丘にも三軒あるけど、一軒はさっきも言ったとおり、賃貸料が母へいきます」

というような話を坂本は編集長に伝えた。

「たいへん面白い。信じられないほどに」

と彼は言った。

「絶対に名前が割れないように。匿名性を守る工夫によって、あの女性が生きている事実が、一つひとつ、息づかいのように浮かび上がること」

という編集長の言葉を、坂本はそのまま美也子に伝えた。

「原稿は私がチェックします」

と彼女は言った。

「電車のこと、住まいのこと。これらは、特定出来ないように書くことは出来ます。喫茶店は難しいかな。調べればどこのどの店だか、判明してしまうようではいけない。閉店したことにしますか。二年くらい前に。路地とその周辺はすっかり再開発されて、面影はなにひとつないとか」

美也子が先に寝室を出た。シングルにしては横幅のあるベッドのかたわらに立った彼女を、ベッドに仰向けの姿勢で坂本は見た。美也子は髪が乱れてはいるが、服は体に沿って撫で下ろすだけで、いっさいなにごともなかった風情となった。

ベッドから起き上がった坂本は、ボクサーパンツをはき、雪洞を消して寝室を出た。洗面台へいき、鏡のなかの自分を見ながら服を来た。居間へいくと美也子がテーブルの脇に立っていた。色落ちしたジーンズの上に、白い長袖シャツの裾を出していた。髪の乱れは整えられ、化粧が新しくなっていた。

「雪洞は消しておきました」

と坂本が言った。

「ドアは閉じたの?」

「はい」

「だったらいまあのお部屋は、まっ暗なのよ」

ほどなくふたりは部屋を出た。駅まで歩いた。「カレーライスを食べましょう」と美也子は言った。「電車ですぐよ」とも言った。その店へこれから向かう。松原の駅まで歩き、下高井戸行きのプラットフォームに上がった。電車はすぐに来た。ふたりはその電車に乗った。

「あんなに雨が降ったのに、どこにも残ってないわね。あの雨の面影が」

と言って美也子は笑った。雨の面影。初めて聞く言葉だ、と坂本は思った。食べたい、と美也子が言ったカレーライスは、あの店のものだろうか、とも坂本は思った。しかし美也子には訊かずにいた。

下高井戸で電車を降り、駅を出た。

「すぐそこ」

と美也子は指さした。

夏の日の夕方の空を坂本は見上げた。美也子がさきほど言ったとおり、雨の面影はどこにもなかった。

あの喫茶店の急な階段を美也子が先に上がった。ふたりは店に入った。カウンターの前のスペースに入ると、窓辺のテーブルが空席だった。窓を背にして美也子が、そして彼女と向き合って坂本が、椅子にすわった。コーヒーとカレーライスを彼が注文した。コーヒーはブラジリアン・フレンチだった。

午後、あの豪雨のさなか、自分はひとりここにいた。やがて出てくるはずの、おなじカレーライスを食べ、おなじ豆によるコーヒーを飲んだ。数時間後のいま、ふたたび自分はここにいる。坂本は美也子を見た。彼の視線を受けとめた美也子は、

「よく考えた結論として」

と言った。彼女の言葉の続きを彼は待った。

「私が本のなかに登場するのは、やめましょう。七、八人の女性たちがその本に登場すると して、編者であり著者でもあるあなたが、そのなかの女性のひとりと男と女の関係にあると いうのは、ルール違反なのよ。私が自分のことについて語るのはいっこうに構わないけれど、 本のなかに登場するのは、やめておきます。あなたと私との関係は、あなたと私だけのこと にしておきましょう」

と美也子は言った。彼女の言葉を坂本は受けとめた。

「どう?」

微笑とともに美也子が訊いた。

「まっとうな意見です」

と坂本は答えた。そして、

「その意見に僕はしたがいます」

と、つけ加えた。

「よかったわ」

「僕の気持ちは、確かに楽になります」

「私もよ」

ふたりのカレーライスとコーヒーがテーブルに届いた。食べ始めてすぐに、坂本の背後で、支払いをするふたり連れの女性客と、あらたに入って来たふたりの女性とが、交差した。自分の左肩に手が置かれるのを坂本は感じた。ごく軽く力をこめるその手の感触は、彼の肩に優しかった。上体を軽くひねって、坂本は振り仰いだ。連れの女性とともに奥のテーブルへ向かおうとしている吉野リリハが、足をとめて笑顔を向けていた。その笑顔に坂本は応えた。

「お昼が雨で流れたので、これから友人とふたりで夕食を」

そう言ってリリハは奥のテーブルを示した。坂本はうなずき、リリハは美也子にごく軽く会釈した。こういうこともあるのか、と思いながら坂本は笑顔を美也子に向けた。

「知ってる人？」

という美也子の質問に、坂本は次のように答えた。

「美也子さんも登場するはずだったあの本の、最初の取材対象です。編集長が見つけた人です。いま取材して話を聞いています。吉野リリハというかたで、職業はハワイアンセンターのフラ・ダンサーです。すぐ近くに住んでいます」

「私の喫茶店のことを教えてあげて」

「いまは休暇中だそうです」

「ここのコーヒーは、おいしいわね」

自分のコーヒー・カップを美也子は指さした。

「ブラジルの豆の深煎りです」

「深煎りは浸透して来たわ。数年前までは、ひと口飲んで、苦い、と顔をしかめる人が多かったのよ。豆は深煎りですけど、それでよろしいでしょうか、といちいち訊いてた時期があったわね。カウンターにすわった中年の男性が、おなじくひと口飲んで、こわい表情で舌打ちをすることすらあったし。深煎りは嫌だという人のために、浅煎りの豆を用意していたほどよ。いまはもう、そんなことはしてません」

自分の喫茶店をめぐる話題で美也子は坂本との会話をつないだ。カレーライスとコーヒーを終えて、ふたりが席を立ったとき、リリハとその友人は奥のテーブルでカレーライスを食べていた。

店を出て階段を下りたふたりは世田谷線の駅に入った。二輌連結の電車が発車の時刻になるのをプラットフォームで待っていた。ふたりはその電車に入った。窓を背にしてならんですわる席が空いていた。ふたりはそこにすわった。

「下高井戸から乗るときには、いつもきまって、電車が待ってます」

坂本の言葉に美也子は淡く微笑した。

「いつも?」

「いつもです」

「あなたが降りるのは、私とおなじ名前の駅ね」

電車は発車した。

「また会えますか」

「定休日がいいわ」

「来週も火曜日ですね」

「そうよ」

「それまでに店にコーヒーを飲みにいきます」

「待ってるわ」

そう言って美也子は立ち上がり、ドアへ歩いた。電車は速度を落とし、停車し、ドアが開いた。美也子は電車を降りた。ドアが閉じた。窓ごしに坂本は振り返った。美也子が手を振っていた。坂本も片手を掲げた。

次の停車駅が彼の降りる駅だった。降りた彼は駅を出るスロープから路地に入った。この路地を出ると道の向こう側に小田急線の駅があった。書店の前を通り過ぎるとき、いまから五時間ほど前、午後一時にあと十五分ほどの頃、すぐうしろにある世田谷線の駅へ自分は向かっていた。その自分とすれ違ったような気分を、ほんの一瞬、彼は感じた。

あのときの自分は雨の接近を全身の感覚で感じていた、と彼は思った。気圧の変化、そして雨の匂いが、あれほど顕著だったのに、いまその雨はどこにもなかった。路地を出た彼は駅に向けて道を斜めに渡っていった。

初出

「ほろり、泣いたぜ」　「文藝」二〇一六年秋号
「ピーばかり食うな」　「文藝」二〇一六年冬号
「くわえ煙草とカレーライス」　「文藝」二〇一七年春号
「青林檎ひとつの円周率」　「文藝」二〇一七年夏号
「春はほろ苦いのがいい」　「文藝」二〇一七年秋号
「大根おろしについて思う」　「文藝」二〇一七年冬号
「遠慮はしていない」　「文藝」二〇一八年春号

片岡義男（かたおか・よしお）
一九三九年東京生まれ。早稲田大学在学中にコラムの執筆や翻訳を始める。七四年「白い波の荒野へ」で作家デビュー。翌年発表した「スローなブギにしてくれ」で野性時代新人文学賞を受賞。小説、評論、エッセイ、翻訳などの執筆活動のほかに写真家としても活躍。小説『ロンサム・カウボーイ』『彼のオートバイ、彼女の島』『ミッキーは谷中で六時三十分』『この冬の私はあの蜜柑だ』『コーヒーにドーナツ盤、黒いニットのタイ。』『と、彼女は言った』、評論『日本語の外へ』、エッセイ『言葉を生きる』、写真集『私は写真機』ほか著書多数。

くわえ煙草《たばこ》とカレーライス

二〇一八年六月二〇日　初版印刷
二〇一八年六月三〇日　初版発行

著　者　片岡義男
発行者　小野寺優
発行所　株式会社河出書房新社
東京都渋谷区千駄ヶ谷二ノ三二ノ二
電話　〇三・三四〇四・一二〇一〔営業〕
〇三・三四〇四・八六一一〔編集〕
http://www.kawade.co.jp/

組　版　KAWADE DTP WORKS
印　刷　株式会社亨有堂印刷所
製　本　大口製本印刷株式会社

Printed in Japan　ISBN978-4-309-02694-7